伝わる・揺さぶる！文章を書く

暢銷日本二十年

從沒想法到有想法的

精準表達寫作術

日本人氣寫作指導專家
山田紫霓 著
陳畊利 譯

推薦序

由寫作之窗看見的革命風景

國文教師／陳茻

和多數孩子一樣，我討厭作文。身為一個無牌的國文老師，我常常感到很納悶：作文這東西，學生不愛寫，老師也不想改，到底是為了服務誰信仰的價值而存在。

教書這麼多年，我至今依然需要對每個新生解釋，寫作與作文是不同的。學生告訴我他們討厭寫作，是為了他們總被強迫去寫一些自己不愛的東西。更讓人焦慮的，有的孩子確實宣稱自己熱愛寫作，但當他們努力向我展示其作品時，總可見到許多試圖用以「討好」我的句子，包括名言佳句（且大多陳濫）、不知所云的修辭和過於氾濫，乃至影響閱讀的成語。

可想而知，先不論是否有效，臺灣民間確實流傳著一套作文的審美標準，且影響數代人。路上隨便找人詢問「好文章的標準為何」，必然會出現「詞藻優美」、「引經據典」等認知。看看網路上流傳的大考範文，或是「補教名師」親手示範的大作，總充斥著毫無意義的修辭，內容卻空洞無比。

毫無疑問，這是國語文教育把人的審美觀養壞了。最弔詭之處，當教改發動，新的寫作革命早已成型，學校依然處處可見老舊的寫作觀念，不肯改變的老師依然握有權威，不斷影響著新世代的學子，將這些似是而非的荒謬審美價值，繼續扭曲地傳播出去。

《從沒想法到有想法的精準表達寫作術》一書並不是什麼足以振聾發聵的寫作聖經，但內容所述，卻與我近年教書所得不謀而合。近年來我很少推薦書，更少真正動筆寫推薦序，一方面是因為個人的忙碌和懶惰，另一方面，實在是臺灣坊間教導寫作的書太多了，很多依然都跳不出舊的框架和思維，或是一意強調與大考如何相關，成為變相的參考書。

而就在我正努力構思想整理教材與觀點時，剛好讀到這樣的作品，我想緣分使然，便想好好推薦此書。

這本書的內容我想以「務實」來形容是最為貼切的，寫作本身並非難事，但要能夠有組織地、按部就班地釐清整體的寫作訓練計畫，卻需要花費一番工夫。

當然，我並不是說這本書找到了一套必勝的寫作方程式，也不是說這本書提供了某種「保證有效」的訓練方法。《從沒想法到有想法的精準表達寫作術》一書真正的價值所在，是重新思考了「寫作」與「社會」之間的關係，書中提供的思維，是從社會上實際存在的寫作需求出發，協助讀者重新定位「寫作」的本質。

「寫作」本只是一種表達手段，相較於肢體或口語，寫作缺乏「即時性」，也不會隨著時間快速消逝，是以更強調組織結構。如何透過組織結構的安排以達到寫作的目的，便是所謂的布局策略，需要考量的因素很多，且離不開對溝通對象的預設、認知乃至於理解。

是以，這乍看之下雖然是一本純粹技能取向的書籍，但在章節安排中，其實反覆逼迫讀者去思考關於「人」與溝通表達的核心問題。我是誰？為什麼說話？對誰說話？說話的目的是什麼？

這些問題巧妙地勾起了更為本質的思考。我不清楚日本社會所遭遇的實際情況，但據我粗淺的認知，其實前面所提到的寫作問題，並非臺灣所獨有的現象。

事實上，當網路世代全面來臨，人們追求與依賴的，更加快速便利的交流與溝通，訊息的傳導再也沒有分秒的延遲，正宣告著新的表達與理解的時代已經到來。臺灣的教育現場乃至於社會上所發生的寫作問題，正也是世界洪流中正在發生的課題。書中作者所觀察到的種種現象，我想對於關心當代臺灣社會寫作教育的人來說，必然都會心有戚戚焉。

我們共同面臨著新的世代、新的挑戰，這場寫作革命仍會持續。

最後，我想特別說的是，若就傳統的眼光來看，這並不是一本「考試用寫作指南」。然而，它實際上比任何專門針對考試而生的作文書要更「實用」百倍。某種程度上，「務實」對我來說已是一種透露著生命力的、能夠產生美感的態度，務實地思索人與人之間的溝通與表達問題，務實布局、務實安排策略，務實地試著去理解每一個出現在我們生命中的，需要去說話的對象。

我所嚮往的最悠遊舒適的境界，並沒有文字或任何知識的障壁，但關於文字表達與這個世代的種種衝突，其間所激起的那許多值得思索玩味的現象，有時如詩畫，讓人能就這樣津津有味地看著。

二〇二〇冬於萬川映月書齋

目錄

推薦序　由寫作之窗看見的革命風景／陳翀……2

序章
「不思考」所帶來的傷害……13
總套用他人觀點，失去了自己的聲音／只要兩小時，就能讓文章脫胎換骨／真正動人的，是你真實的想法／打破無限迴圈，走出「不思考」的迷宮／看見自身意志，寫作真正的必要條件／讓筆尖循心而動，享受自由況味

第1章
寫出「有效益的文章」……29
Lesson 1　確認目標，聚焦之後再出擊……30
有用便是美，字字要有方向性！／打破追求「豐富表現」的迷思／寫作教育中缺失的重要拼圖／以目標為導向，激盪彼此內心的漣漪
Lesson 2　掌握文章寫作七要點……38
一、意見／二、期望結果／三、議題／四、讀者／五、自身地位／六、論據／七、中心思想
Lesson 3　文章的基本架構……42

第2章

七要點的思考法

七要點的思考法……47

思考一　意見──找到自己最想說的事情……48

Lesson 1 什麼是意見？……49

你為什麼提不出自己的意見？

Lesson 2 找到自己意見的方法……54

一問一答，讓思考向前邁進／當個好奇記者，追著自己採訪／問出個人特色，文章更出色

Lesson 3 擴大提問，範圍不設限……63

拓展時間軸的視野／拓展空間軸的視野

思考二　期望結果──認清寫作的真實目的……67

太害怕犯錯，反而迷失寫作目的／抓住問題核心，找到最佳應答方案

Lesson 1 把「期望結果」始終放在心上的寫作方法……71

迷失「寫作目的」的三種狀況／自我檢查的三個切入點／你希望從讀者那邊聽到什麼話？／比文筆更重要的事

思考三　議題——內容的收集、聚焦與決定……78

Lesson 1 何謂議題？……78

雞同鴨講裡的「尷尬平行」與「巧妙交集」／議題設定失誤，讀者一頭霧水／講自己想講的，也要和對方搭上線／發現讀寫雙方都感興趣的新議題

Lesson 2 「主題」與「議題」是兩回事……83

Lesson 3 議題的兩個原則……85

原則一、議題與意見互相呼應／原則二、議題以「疑問句」的方式表現

Lesson 4 收集、聚焦與決定的方法……90

步驟一、收集各種可能的議題／找尋可能議題的三大方向／步驟二、聚焦議題／步驟三、決定議題

思考四　關聯性——找到自己的立場……99

Lesson 1 因應不同的對象用不同方式寫作……99

關係不同，解讀也不同／透過提問，校準寫作方向

Lesson 2 從對方的角度來看事情……104

對方與我的心的距離

Lesson 3 理解其他人的感覺……106
在這個社會上，該如何定位自己？

思考五 論據——說服力的來源……111

Lesson 1 準備論據——入門篇……111
理由到底是什麼？／步驟一、舉出自己的理由／步驟二、從對方的立場試想／步驟三、掌握對方可能提出的反對理由／步驟四、準備與反對理由相應的論據

Lesson 2 拓展視野——進階篇……116
為什麼抗議的聲音無法傳達？／強迫他人接受「正當論點」毫無意義／找出實際感受與在意的點／用更多面向看問題／回歸自身觀點／論據該如何排列組合？

思考六 中心思想——忠於內心最根本的想法……126

Lesson 1 最敷衍不了的，是自己的心……126

Lesson 2 透過摘要，理解中心思想……128
母親的「一句摘要」／了解重要事情的順序／誠實面對自己的生活

第3章

有效、動人的寫作法

……133

實踐一　說服主管——向上爭取自身權益……134

確認一、對方讀了之後的想法是什麼？／確認二、最想表達的事是什麼？／確認三、議題是否準確適當？／步驟一、想像結果／步驟二、決定議題／步驟三、明確地找出意見／步驟四、準備論據／步驟五、規劃綱要／讀者能夠接受嗎？／升級重點一、反駁自己的論述／升級重點二、掌握對方的「論據」／升級重點三、拓展視野／升級重點四、做好再次反駁的準備／升級重點五　提高自己的可信度

實踐二　請託文——如何「好好拜託」……156

步驟一、決定請託文的要素／步驟二、用自我介紹取得信賴／升級重點一、能激發對方動機的委託理由／升級重點二、誠實地委託對方／升級重點三、請託文的第一人稱

實踐三　會議紀錄——傾聽與引導的祕訣……172

著眼於議題而非發言內容／升級重點一、明確指出前後流程／升級重點二、寫下此次會議的定位／升級重點三、用疑問句寫下「今後的課題」／良好的會議大綱

實踐四　應徵動機（自我推薦）——用文字展露優勢……182

「哪裡都好不是嗎？」／強化入學動機的問題〈大學篇〉／連結雙方的關鍵／強化工作應徵動機的問題〈工作篇〉／書寫未曾有過之經驗的困難處／升級重點一、為什麼選擇

那裡呢？／升級重點二、將與生俱來的優點化為文字　／升級重點三、會為對方帶來哪些助益？／應徵動機信的其他必要條件

實踐五　道歉文——懂得彎腰，站得更高……200
道歉文的組成架構／道歉文要達到的效果與必要條件／道歉文範本／升級重點、道歉文的第一人稱

實踐六　電子郵件——讓書信溝通更順暢……213
郵件就像「蹺蹺板」／步驟一、決定你最想說的話／步驟二、決定論據／升級重點一、決定對對方而言的意義／升級重點二、讓對方秒懂的標題／承擔責任的感覺／不使用被動態、以人為主詞

第4章

獲得更大效果的技巧！

……229

Lesson 1　「以退為進」的傳達技巧……230
共享上一個過程／學習者的不安心情／明確傳達最終目標／特意製造一個從外行人來看的視角

Lesson 2　製造動機……240
光有好內容，無法激發讀者想閱讀的心／人們在什麼時候會採取行動？／能夠激發閱讀動機的寫作法

Lesson 3 激發幹勁的指令下達方式……245
以意義、流程、關係來傳達／突如其來的「為什麼」是很難回答的問題／找出「關聯性」的六個關鍵點
Lesson 4 發現阻礙思考的關鍵點……250
讓思考停滯的一句話

第5章
邁向未來的成果……257
Lesson 1 達成「戰略性的溝通」……258
要忍氣吞聲還是被孤立？／名為「誠實」的戰略
Lesson 2 所謂言語這不順手的工具……267
Lesson 3 找回「平常心」的感覺……269
Lesson 4 不造成誤會，並傳達想法……273

結語
你我相遇的意義……277
我與對方交流的意義／傳遞訊息／只有你能寫出來的無可取代的文章

序章

「不思考」所帶來的傷害

——改變想法，文章將脫胎換骨

寫作與說話，其實就是在輸出你的思維，若能掌握正確的方法，了解該如何把想寫的事情、想說的話，用自己的頭腦整理出清楚的頭緒，表達溝通的功力將會大幅提升，做事也將更容易達成目標，獲得成就！

寫作就是思考。若能掌握其中的方法，了解該如何把想寫的事情，用自己的頭腦整理出頭緒的話，寫作功力將大幅提升。那麼，又該如何學習這種「用頭腦去思考的方法」呢？

某一天，有位研究所學生發了一封信給我，內容如下：

我有一份家教打工，主要是給予考生一對一的指導。然而，這個考生選擇放棄自主性的思考，導致他在學習的過程中，總是呈現一種苦不堪言的狀態。我認為「思考」這件事，不單單只有運用在學習上，對於每個人的自我啟發，或對於未來生涯規劃也有所幫助。若是他能夠發現自己正身陷思考困境的話，那還有機會挽救。但是，讓我感到痛心的是：很多學生抱持著「無所謂」的心情來面對生活和問題，不懂得如何思考，對他們來說是非常大的傷害。

有些人不太去思考任何事情，甚至「沒發現」自己是個不會去思考的人。他們看上去是好好先生、溫和小姐的類型，但其實已經深深受到了「不思考」的傷害。

所謂「不思考」這種事，並非自然的狀態，而是思維受到拘束、不自由的情況。

我身為一名教育雜誌編輯，在指導高中生寫作時，常常發現多數學生都有一種共通的現象，就是未經思考所造成的「不自由」。「無法寫出內心想說的話，很痛苦……」如果學生能像這樣意識到自己的瓶頸，情況還算比較好，我能在他們的掙扎和痛苦中，感受到其中的可塑性。但若是遇到那種內心沒有什麼糾葛情緒，或只是為了湊足寫作字數的學生，從文章中無法反映出其個性時，面對這種「不自由」的感覺，我便有種難以言喻的擔憂。

他們首先必須學習的事情，不是價值觀，也不是美感。不是說這些事情不重要，但在此之前，他們必須先學會更重要的前提，那就是了解「該如何用自己的頭腦去思考事物」的具體方法。那些方法，也是本書視為基石、用來提升文章寫作能力的方法。

首先，對你來說必要的條件，既不是與生俱來的表現力，也不是對事物的美感力。而是那些可以讓你的頭腦去思考「寫作時如何因應現實情況，選擇放入哪些要素」的建設性方法。這些建設性方法，能為你的寫作帶來多大的變化呢？讓我們來看一看實際的例子。

以下的真實案例，來自一位十七歲高中生的入學考試寫作。或許有人會覺得跟自己的狀況不太一樣，但裡面卻蘊藏著能適用於各種範疇的寫作技巧。

總套用他人觀點，失去了自己的聲音

這是我請幾位十七歲高中生模擬大學入學考試論說文[1]寫作項目，來進行文章寫作的一

1 編註：日文漢字寫做「小論文」，指篇幅較短的論說文。

個實例。題目如下所述：

在無關他人、僅你個人面對的問題中，你最迫切、最看重的是什麼事？請將你內心深處的想法寫下來。

（出自山口大學人文學院入學考試論說文寫作項目）

我不打算接受類似行銷的老派話術，或是社會常見的價值觀點，之所以選擇這個題目，主要是想了解當事人的內心想法。

在學生完成寫作之後，有某篇奇妙的文章吸引了我的目光。在短短的日文六百字[2]內，這位學生的文章中頻頻出現「總之、暫且……」這樣的語氣，部分內容摘要如下：

說到我自己最迫切、最看重的事情，是我自己的未來。總體來說，對我而言，目前我最擔心的，是這幾年的規劃。關於人生，總之我現在能想到的就是考上大學、進入職場、結婚和晚年生活等這類人生大事。然而，目前對我來說，總歸一句話，大學入學是我目前最看重的事。因為我認為，所謂人生，就是應該依序處理每一件任務，從眼前現有的事物開始著手。

雖然我不認為學歷就是全部，但總之在這個社會上，若你想順利進入一流公司，擁有高學歷是比較快速簡單的一條捷徑。總之，我現在想從眼前既有的問題開始，一個一個去解決。

看著文章，我再次感受到胸口有股說不出的難受。

其中一個原因，是她提到進入好大學、好公司，就能簡單快速地達成人生的里程碑。年僅十七歲的高中生，竟已抱有「消化試合」[3]的人生觀，讓我很訝異。

另一個原因是，倘若這真是她的真心話，那在入學考試時寫得如此直接，閱卷人員又會怎麼想？稍微用心想一下就能知道結果，但這孩子居然沒想到背後還有這層問題。

當時，在我負責編輯的教育雜誌裡，有個單元企劃是要去指導寫出錯誤文章結構的學生，並請他們在經過指導之後自行修正。我毫不猶豫就選擇了這篇文章。因為，在入學考試裡，這很有可能會是第一個被剔除掉的學生。

2 編註：翻譯成中文時，約相當於二百五十至三百字左右。
3 譯註：「消化試合」一詞來自於日本棒球比賽，是形容季賽已確定排名或封王後，仍然必須要完成的比賽。

只要兩小時，就能讓文章脫胎換骨

由於寫這篇文章的女學生住在東京都外，考量到交通，我能跟她面談的時間大概只有一次、約兩小時左右。我必須在這短短的時間內，給她有效的指導與建議，以期提升她的寫作能力。

到底要進行怎樣的指導，才能提升這篇文章的可看性？如果是你，當只能給這位學生一句建議時，你又會說什麼呢？

於是，我請教了三位寫作指導專家的意見，以及他們對這篇文章的看法。

我首先拜訪的是位補習班老師，他的結論是「辦不到」。原因有二：第一，即便文筆再差、文章再沒有結構，只要能掌握「自己想說的事情」，總有辦法提升寫作能力。但是，如果一篇文章完全不包含以上要素，就會像滑溜溜的鰻魚一樣，抓不到重點。第二，這位學生沒有「來自外界的視角」，也就是說，她並未具備從他人的角度來看自己文章的客觀性，同樣的，她也無法從客觀角度來看自己，顯得整篇文章有失架構。這位老師認為，要在短時間內讓該生察覺到這些點，應該會是一項難度極高的任務。

我第二位拜訪的是名學校老師，這位老師在第一線的教育現場，有指導過無數學生的經驗，包括從職涯規劃到人生課題等，他給的結論也很嚴苛。「感覺這位學生的價值觀容易動搖，如果不先給予一次重重打擊、完全打掉她既有觀念的話，這孩子是不會改變的。」

我開始有些後悔選擇這位學生，我思忖著，難不成需要解決的問題已經超過文章指導範圍了吧？而實際上，為了與這位學生見面我已透過數次電話訪談，感覺到她或許有位嚴厲的母親。這樣的親子關係，可能與該生寫出這樣的文章有某種關聯也說不一定。倘若真是如此，應該就不是第三方能輕易介入解決的問題了。

假設我指導該生寫作時，不涉及她的生活圈，而是兩小時都做些表面指導的話，這篇文章會有所改變嗎？我不禁認為這是非常沒有意義的一件事。或假設與該女學生談論到她的生活圈，在短短兩小時內，又能否改變她的人生觀呢？

我帶著半放棄的心情，與第三位專家見面，同是高中老師的他一開始也相當為難。

「這份題目，主要是想聽到學生們內心的吶喊。對於這樣的問題，看到『總之』一詞，就好像看到居酒屋裡覺得『思考好麻煩』的老先生，總是在點餐前先喊『總之先來杯啤酒吧』一樣。用這種態度，真的能談論未來或其他切身問題嗎？我對此抱持疑問⋯⋯」

但長時間的談話下來，這位始終盯著學生答案的老師，表情有點改變了。

「等等，關於她說『學歷不是全部，但要進一流企業，總之要先以進好大學為目標』，這可說是社會的共識。很遺憾，直至今日，這個觀念始終存在。這學生對此完全接受，並無反抗或蔑視社會的意思，或許她是個順應社會的乖乖牌，所以大家覺得好的就照做。反過來看，或許是位率直的好孩子也說不定，只是她可能還不知道自己要什麼就是了。」

從第三位老師的談話中，我看見了這位學生的可塑性，於是調整了自己的指導方針，最後歸納為以下兩點：

一、這份入學考題的核心是什麼？還請正確掌握。

二、承第一點，你自己的頭腦會如何去思考這個核心問題？我會支持你的想法。

或許各位會認為：「什麼嘛，講來講去還是這些啊！」沒錯，這些不是嶄新的概念，而是回歸基礎，重視對問題的「閱讀理解」與「思考方式」。我決定幫她徹底鞏固好基本觀念，且完全不涉入其生活圈與價值觀。接著，我便搭上飛機，展開與她見面的旅程。

對於這位初次見面的女學生，我的第一印象是她個性開朗、率直，感覺非常得人疼。至於這孩子的文章會有多大的轉變，一切就全看未來的這兩個小時了。

真正動人的，是你真實的想法

首先，我請她針對「從這道考題中，你希望看到什麼樣的答案」這點，用自己的想法去深思並正確掌握要點。因為若是作答者不理會閱卷者的要求，那麼不論寫出再好看的文章都是枉然。

這道入學考題，其實另附有長篇的閱讀參考資料，也就是說，女學生寫出來的文章，至少要考慮三種人在內：

- 學生自身
- 參考資料作者
- 大學考試出題人員／閱卷評分人員

接著我請學生就這三角關係，用自己的話表達以下觀點：

- 參考資料作者真正想說的話是什麼？
- 出題者（閱卷者）讓你讀相關資料，是希望從你身上獲得些什麼？
- 最後，你自己在想些什麼？你希望寫出什麼樣的內容？

當出題者要求作答者先閱讀參考資料再寫出一篇文章時，作答者多少會產生認同與不認同資料作者的部分，常常一不小心就變成資料作者與作答者間的針鋒相對，而出題者（閱卷者）則會認真檢視這樣的過程。也就是說，請千萬不可忘記閱卷人員最終希望看到的是什麼樣的答案。

首先，我請學生抱著要跟這位作者見面的心情，深入閱讀這份參考資料；每讀完一段，就用自己的話摘出作者想表達的意思，再從自己的親身經驗中，舉出具體例子或透過畫圖表示。表面上看似被動吸收的「閱讀」，其實是一項非常主動的任務。接著我請她思考：

為什麼出題者要讓考生讀這份資料？目的為何？最後，請她邊讀問題邊劃線，並說明這個問題所追求的答案是什麼。

我們一步一步進行這樣子的過程。大約過了一個小時，當她從自己、資料作者與出題者／閱卷者的三角關係中，掌握住對方希望看到怎樣的自己之時，她已能用自己的話語說道：「他們希望看到的，是我的獨特觀點與真實內心想法；但我原本的文章中，完全感受不到真實的想法啊！」看樣子，我不必直接點出她的問題所在，她自己就能理解了。

接下來，還剩下一個小時，我只要支持她所想出來的思考方法就好了。

打破無限迴圈，走出「不思考」的迷宮

再次回到這位學生先前的文章，來看一下這個脈絡。

對我來說，最迫切、最看重的事情是什麼？↓自己的將來

該怎麼做？↓從眼前的事情開始依序整理

為什麼？↓因為快速簡單

對自己的未來要怎麼做？↓從眼前的問題開始解決

就像唱片盤面那般，一旦有受傷的刮痕，播放時就會產生跳針的情形。同樣地，若始終像上述邏輯去檢視同一個地方，那將完全無法進步。她的文章完整呼應了本章開宗明義的標題——「不思考」所帶來的傷害。也就是說，因為放棄了思考，導致結果痛苦磨人。

若是否定這種狀態，告知對方「你的價值觀是錯的」，或情緒激動地講述大人的人生觀，能帶來多大的轉變呢？或許只會演變成對一個找不到出口的人咄咄相逼的情況。

為了走出這座名為「不思考」的迷宮，只能靠自己思考，除此之外別無他法。這位學生所需要的，就是能夠走出迷宮的「具體方法」。

為什麼她寧願頻繁使用「總之」這樣的詞，卻連動腦筋思考都嫌麻煩呢？

其中一個原因，我認為是她突然面臨了「一個龐大的問題」所致。

當人們被問到「對你而言，最迫切、最看重的問題是什麼」時，有多少人能立即答出來呢？即使當下靈光一閃，出現某個答案，也很容易變成誇張或陳腔濫調的回答，不是嗎？

寫作也是一樣的道理，當突然面臨一個龐大的問題而且還要提出結論時，人們的態度不是嫌思考麻煩，就是說出陳腔濫調的結論。

這種時候，我們首先要尋求的不是「答案」，而是「問題」。換句話說，為了思考一個龐大的問題，我們可以將其拆分成數個有效且具體的「小問題」，透過對自己進行訪談，我們的思考就能繼續往前邁進。

這一天，我事先準備了幾個「問題」當範本，對這位女學生進行訪談，大致過程如下：

- 當你在看似發呆的時候，你會不經意地去思考哪些事情？
- 晚上睡覺時，是否曾發生過一想到某事就無法入眠的情形？那是什麼樣的事？
- 最近，你是否有生過氣？為什麼？
- 回顧過往人生，你覺得自己最光輝燦爛的時刻是什麼時候？
- 最讓你感到痛苦的事情是什麼？
- 你是怎麼考慮你未來的職涯規劃？又是怎麼做出決定的？
- 你覺得現在這個社會，存在哪些問題？
- 有哪些事情，是你無法用「總之」來輕描淡寫帶過去的？

為了更接近「最看重的問題」這種龐大的題目核心，我試著從各個角度切入，諸如從現在、過去、將來、內在、周遭、社會等面向，持續提出各個「小問題」來詢問女學生，讓她回答，再依據她回答的內容繼續提問。我們花了將近一個小時，不斷重複這樣的動作。

當我們談到未來職涯規劃時，女學生確實有她自己想做的事，但另一方面，雙親卻不認同那是一份正式職業。她說自己的興趣，與父母期待子女走的路不一樣，讓她內心很是掙扎。最後，她選擇配合自己身旁人的期待去做決定。

我想，這點應該就是讓她停止思考的原因了。同樣地，也就不難想像她在文中使用「處理」、「解決」這樣的字眼來談論自己人生的原因了。

在那當下，我很想告訴她：「與其選擇父母期待的路，我希望你能更重視自己的興趣，朝這方向去思考。這是你自己的人生對吧？」不過，我最終仍然把這番話吞回肚子裡去。說到底，我的任務只是支持她所想出來的方法，就這麼簡單而已。

接下來，我讓女學生用剛才的方式，試著自己提問、自己回答，就像進行一場與自己的訪談，並請她再次改寫作文，之後我便離開了。關於職涯規劃或親子關係等，我則完全沒有去碰觸到這塊較為敏感的議題。

經過一週之後，她提交了一份改寫好的文章給我。看著她的文章，我感到異常驚訝。因為她把我完全沒過問的親子關係，當成文章主軸來寫作了。

看見自身意志，寫作真正的必要條件

這位女學生後來改寫的文章，大意如下：

對我來說，現在最迫切、最看重的事情，是希望父母能允許我擁有自己的手機。或許有人會覺得，「擁有手機」有什麼好急迫的。但是，我卻有我自己的理由。

在過去的十七年裡，我總是不擅長表達自己的心情。不，或許說我總是在逃避還比較貼切。我從不主張自己想要做的事情、想要的東西，也不太會拒絕討厭的事物，以乖乖牌的形象一路走到現在。

最近，我開始討厭起自己的「那個部分」。如果現在，我不去衝破那一層殼的話，我有預感，我將無法跟那個「把真實自我逼到絕境的自己」說再見。

因此，雖然我很痛心於自己的任性，覺得對不起父母親，但是，我覺得現在正是我能夠傳達真正心意的時刻。

對比以前的文章，多了許多未梳理好的內心糾葛，卻也像是有了生命力般地生動真實。或許，要完全解決問題還需要很長一段時間，但當她抓到了問題點，不，更進一步地說，是藉由自己所想出來的方法，掌握到自身的狀況與問題時，她已獲得充分的思考自由。

如果，我用一開始的文章來判斷這位學生的為人，我應該會對她產生天大的誤會吧！光是不了解正確的思考方法，就會讓自己寫出來的文章與內心背道而馳，可能讓人誤解，也可能產生摩擦。這些事情，是不是比我們想像的還更常發生呢？

我們沒有必要去寫超乎自己程度的東西，不過，也不能寫得低於自身應有的水準。正因如此，寫作所必須具備的條件，就只是自身的「思考」罷了。

讓筆尖循心而動，享受自由況味

不依賴死記硬背、能自己學會如何思考的人仍是少數。我們大多數人，如果突然被告知「從現在起請自由思考」的話，應該會感到無所適從吧。許多不擅長寫作的人，在思考如何下筆之前，總會卡在「要想些什麼」以及「要如何想」，這是很大的阻礙。

因此，為了讓大家發現如何做自己，並用自己的文章來打動他人的心，本書將提供具體方法，告訴各位「要思考哪些面向」，以及「應該如何來思考」。只要能掌握正確的方法，你就能確實增進自己的寫作能力。

只不過，就算了解了方法，思考本身仍是一項孤獨且艱辛的工作。即便思考過後讓問題更加明確，然而背後卻可能是超乎你想像的殘酷現實。舉例來說，像是發現自己與對方的距離出乎意料地遙遠、意識到自己的能力不足等等，或許還會開始懷疑起自己也說不定。

但就算如此，只要你再進一步思考，你就會清楚看見他人所沒有且只專屬於你的「自己的意志」。

而且，藉由書寫自身意志傳達想法、撼動人心進而通往自己期望的結果，沒有比這更自在暢快的事了！我希望透過本書，讓各位也能嘗嘗這種自由的滋味。

第一章

寫出「有效益的文章」

——到底什麼才是「好文章」呢？

文字具有不可思議的力量，能夠創造出各種不同的效果。我們都希望辛苦筆耕之後，能看見我們期待的成果，否則不只白做工，還可能出現意想不到的「副作用」。因此下筆前就要審慎思考，以寫出有效的文章為目標。

假設從現在起，你的寫作能力會扎實穩健地提升，那麼在一年或三年之後，你想寫出什麼樣的精彩好文？但話說回來，什麼樣的文章才是「好文章」呢？「寫出好文章」又是怎麼一回事？

Lesson 1 確認目標，聚焦之後再出擊

以繪畫為例，畢卡索親手繪製、充滿藝術性的作品，跟醫生為了向患者說明「你的胃部這裡比較脆弱」時所畫的說明，兩者的作畫目標是全然不同的。

寫作也是一樣。雖然泛稱為「文章」，但是依照不同的範疇，文章目標、優缺點的基準以及訓練的方法，也是大不相同。

我舉考試時的論說文寫作為例，其寫作目標是「說服」，而評審老師則依據作者的邏輯思考能力來給分。此時若把寫作重點放在情感或感性的那一面，那麼將會與「說服」這個目標漸行漸遠。

另一方面，如果鉅細靡遺地將每個論點闡述得明明白白，那麼，也會讓文章中難得的一點醍醐味都完全抹煞，讀起來反而跟「豐富」一點也沾不上邊。

所以說，如果想闖過論說文寫作這一關，那就必須要了解何謂論說文，並接受合宜的

訓練，否則是無法順利通過考試的。而即便同樣接受訓練，像論說文和小說這樣不同的文類，要學習的寫作規則也不相同。小說中「起承轉合」的「轉」，是全文中出現明顯轉折的段落，或是有鮮明的跳躍性思考的部分，也是人們會覺得有趣的地方。但在論說文寫作中，卻必須按照「提出問題↓分析原因↓解決方式……」等順序，用符合邏輯的方式去思考，把自己的想法往上層層堆疊，這是寫論說文的基本功。若是採跳躍性思考，只會更容易脫離邏輯的常軌。

因此，在第一章中，我想先和你一起確認本書所追求的文章的目標。

有用便是美，字字要有方向性！

《日經晚報》曾有一篇報導，內容是關於川崎市一名四十八歲的女性，獲得某企業破格超齡錄用的消息，當時該企業的錄取年齡限制為四十歲。

最近幾年，自由工作者與派遣員工間存在著相互競爭的關係，而想以兼職工作為目標的二度就業婦女，也經常因年齡限制的高牆被企業拒於門外。許多企業將四十歲設定為徵才條件之一，超過四十五歲者則不予錄用。因此，四十歲出頭的人，在找工作時總是籠罩在一股不知會不會被拒絕的不安氣氛下。那麼，為什麼這位女性能夠突破年齡的高牆，順利獲得企業任用呢？

原來，這位女性投遞履歷時，除了基本的履歷表以外，另外附了一篇彰顯自身優點的文章。公司在閱讀了這篇文章後，認為「我們要找的正是像你這樣的人」，於是展開雙臂，歡迎她的加入。

在這位女性的文章中提到：「為了加速業務推動，我會竭盡所能努力工作，達到自己想要的成果。」

當你需要寫一份求職的自我推薦函時，我想此時寫作的目的很明確只有一個，那就是「獲得企業讚許，並且順利錄取」，此外別無他物。不論別人評價你的文章多好多棒，只要最終結果沒有獲得企業青睞，那就稱不上是寫了篇好文章。

你所寫出來的文章，是否有根據不同的狀況，發揮到它的作用？是否有達到你所想要的結果呢？

舉例來說，當你出公差時，要請後輩處理一些工作上的事情，於是你寫了一篇交代工作的文章。這種時候，一篇好的文章的重點，不是著重在感情或感性，而是要把該做的事與做法寫得清楚易懂，同時也要能激發後輩那種「即使很忙碌也要幫上前輩的忙」的心情。最重要的是，後輩是否能正確無誤地幫忙代為處理公事。也就是說，「結果」很重要。假如你從事的是醫療工作，那麼你的寫作能力可能會牽連到其他生命也不一定，不能用「我確實有好好交代，出了問題是因為後輩老是健忘」的藉口來打迷糊仗。在這種時候，要寫出一篇

「好」文章，就必須要連同後輩的健忘症一起考慮進去才行。

此外，有些人在使用某些產品時，遇到一些麻煩的狀況，雖然東西本身還不算是瑕疵品，但同樣的問題確實容易重複出現。當你忍無可忍、決定投書給產品製造商時，此時的寫作方向不該是「發洩心中不滿以求大快人心」，也不是刻意苛責製造商；該思考的是：要怎麼做才能讓這個問題不被客服窗口無視，又能順利轉達給產品負責人使其檢討改進，進而改善日後的商品製作流程？也就是說，投書的目的，是希望未來能夠獲得更好的成果。

那些沒被收錄在教科書中的實用好文，也依然在某處發揮著它們的作用。多虧如此，電車持續運行、大樓陸續興建、宅配商品順利送達，世界亦將繼續運轉下去。

當人們遇到問題，那些恰如其分地在人與人之間發揮作用、並達成眾人期望結果的文章，雖然不像花朵一般美麗，卻能夠打動人心，開創出更好的未來。換句話說，這樣的文章充滿了「功能美」。

打破追求「豐富表現」的迷思

我開始學習文章寫作方法的最早契機，源自小學國語課中的「作文課」。若用一句話說明當時學校老師要求的寫作目標，我想那就是追求「豐富的表現力」。我在日後回顧以前學校中所接受到的文章寫作教育時，發現內容大多是關於詩詞、故事與小說的鑑賞，強調的是意味深長的文章、豐富的情感表現、悠長的韻味與情調等等。透過這樣的教育，豐富了我的內在與情感，讓我非常感激。

然而，我那時以為自己已充分掌握「豐富的表現力」，事實上仍一知半解，導致寫作時，不管什麼文章全都用上相同的寫法。也因此，我有好長一段時間，都抱持著「文章的好壞是無從判別的」這種奇怪的信念。

即便在開始從事高中生寫作教育工作之後，仍有段短暫的時間，我依然堅持這樣的想法。我想當時不只是我，其他合作的同事或文章作者在提到「寫作指導」時，每個人似乎都懷抱著各自奇妙的心思、誤解及幻想。

因此，即使同樣是「寫作教育工作者」，在這領域中也存在各式各樣的老師，有的「為了提升豐富的想像力，讓學生欣賞不同畫作」；也有的會針對不同主題，先提出自己的各種價值觀，再要求學生去拓展自己的價值觀；還有些秉持著「再怎麼痛苦也要努力寫下去」這種精神論方式。然而，我們卻很難從這些老師身上，看到方向明確的指導方針。

把話題拉回文章的「最終目的」，也就是：這篇文章究竟要給誰讀？追求的目標是什麼？如果能夠把焦點放在這部分的話，相信寫出來的成果會令人大吃一驚，並看見許多不一樣的東西。

舉例來說，以「感動」為目的的詩詞或小說，與以「說服」為目的的論說文，兩者的性質有一百八十度的差異。此外，大學課程與商業用途的論說文，也與入學考試的論說文完全不同。雖然同樣以「說服」為目的，但入學考的論說文，真正目的卻是「通過考試」。即使學生文筆不錯，但在弄錯方向下寫出的文章，仍無法通過考試。一般來說，獨立招生的大學或學院，通常會期待學生擁有某方面的能力。故此，學生寫作時，要能掌握校方期待看到的重點，並以恰當的寫作方式，力求達到符合校方期待的程度。

在了解到這點之後，「寫作指導」也就不再是件無中生有、模糊不清的事了。

以準備入學考的論說文寫作為例，從前大人們會一股腦兒地製作各種考題解析，寫出非常高水準的模範解答，也會盡可能地提供給學生更多關於各種不同主題所需要的知識。

然而，像這樣要求高二生在兩年內、高三生在一年內養成頂級的寫作實力，縱使已畫出理想藍圖，最終往往還是無法順利合格。我們首先該確實且深入掌握的重點，其實是寫作目標；換句話說，身為最終閱卷者的大學校方，究竟「期待學生具備什麼樣的能力？為什麼？」從閱讀多數「獲得成果」的文章，亦即實際上順利通過考試的作答方式，就可推測出學生程度與學校需求，也正是入學考試中所謂「好文章」的條件。接下來，寫作指導老師只要考量寫作目標與學生現狀之間的差異，給予適當支持即可；該做哪些事以及該做到什麼程度，也就都很清楚了。

不論是求職的自傳或申請入學的自薦函，其最終目的就是「獲得錄取」。若是要給生病的人寫一封慰問信，其目的則是「激發」對方本身具有的「身體恢復能力」。
文章好壞的標準，取決於是否符合寫作目的。暫且不談論藝術作品，回想一下我們在工作中或日常生活中所寫的文章，很多時候，我們都明確知道看文章的對象以及所追求的結果。所以第一步，就是要先確立目標；接下來，再從目標反推回來，以我們應有的水準去完成我們必須要做的事情。
如果說，你覺得自己始終寫不好，甚至想逃離寫作的話，不妨想想：自己是否被某些模糊、美麗的理想或堅持給困住了呢？請試著想像一下寫作最終想達成的成果，並在現實中把想要獲得成果的念頭放在心上。如此一來，眼前自己該做什麼事情，就會變明確了。

寫作教育中缺失的重要拼圖

在指導高中生寫作之餘，我自身也因職場工作需要，寫過許多文章。我也因此發現，在如今的寫作教育中，日常生活裡「具有功用的文章」這一塊，不知為何被完全拔除了。
舉個例子，某人因自己的失誤，惹惱了生意上的合作夥伴。在對方不願見面的情況下，只剩寫道歉信一途。這時所需要的，就是一篇具有「挽回信任」這般「功用」的文章。
但話說回來，在學校學到的詩詞或小說欣賞，以及現代文評選與寫作方法等，此時就派不太上用場。然而，未來孩子們遇到上述這種迫不得已的情況，次數肯定壓倒性地遠多於寫詩詞或小說。另一方面，像報告書之類的實用商業文書，在寫作方法上則另有制式規範。

在制式文書與文學創作之間，介於「實用以上、藝術未滿」的這一塊領域，正是目前寫作教育所缺失的。這種人類為了生存而寫的文章，可說是「具生活機能的文章」或「溝通型文章」；至於要如何處理這種範疇的文字，也正是本書所要告訴你的。

以目標為導向，激盪彼此內心的漣漪

為了工作、為了生活，我們會遇到許許多多必須面對的問題，而寫作目的與目標讀者也就從中而生。在本書中，我會根據不同狀況及其需達到的最終目的，一一介紹能發揮顯著功效的文章寫作方式。

不論你是公司職員、老師、學生、小孩、退休人士、家庭主婦等，每個人其實都有許多書寫這種文章的經驗。舉凡便條、海報、書信、傳真、會議紀錄、論說文、電話聯繫、邀請函、企劃書、報告書、情書、諮詢、請託、道歉、招募、導覽、文宣、客訴、警示等等，每份文章都有其閱讀的對象，亦有其想獲得的結果。

本書所追求的寫作能力終極目標，不是編輯彙整一份已完成的文章，也不是著重在只能發現自己內在面的文章。而是希望你所寫出來的文字，能打動讀者的心，並開創新局、獲得所期望的結果，這才是寫文章的最終目標。

而要想獲得成果，重點在於打動讀者的心。如果能夠打動讀者的心，多少能激發出不同的力量，進而改變現況、達成所願。

不過，這並不表示可以隨著自己的心意來操縱對方。請回想序章提到的十七歲高中生的例子，在我的提問下，就好像是往一潭池水中投入小石子般，在學生的內心掀起了廣大的漣漪；隨著漣漪波動越來越大，最終由她激盪出屬於自己的潛在能力。

換句話說，就是透過寫作，激發屬於你自己的潛在能力，並讓讀者獲得共鳴。只要讀者的內心產生共鳴、贊同、覺察等感受的話，最後這些感受將在讀者的心中產生巨大的波動，因而也激盪出讀者自身的潛在能力。讓我們一起以寫出「有效傳達並打動人心的文章」為目標邁進。

當你對目標有了明確的概念後，我們就要進到下一階段了。

Lesson 2 掌握文章寫作七要點

為了寫出能在關鍵時刻中確實發揮作用的文章，必須思考哪些面向呢？以下舉出七個我認為的必要條件。在後續章節中，我會再舉實際事例說明，這邊先大略記住即可。

一、意見

你最想說的事情是什麼？

在文章中，須明確提出你自己動腦思考後所得到的自身見解與想法。

二、期望結果

誰，在期待什麼樣的結果？

盡可能具體描繪出你希望透過文章可以帶來什麼樣的結果。

三、議題

你的「問題意識」要朝哪裡發展？

所謂議題，就是你通篇文章中的「問題意識」[4]。要確保你與讀者雙方關心的問題，能保持在同一軌道上，而不致有所偏離。如果對問題的把握度偏低，最終所得結論的水準也就偏低；反之，如果你在文章中能提出好的「問題」，那麼也將能引導出好的價值。

4 編註：指對問題的理解與把握程度，會進而決定你要探討的核心問題與後續的處理方法。

四、讀者

讀你文章的是什麼樣的人？

為獲得期望的結果，應當仔細思考你要寫給哪一個對象，進而寫出最適合該對象的內容。還有，你要知道並理解閱讀你文章的人會是什麼樣的人，他有著什麼樣的興趣、關心哪些議題、背景為何，以及目前所處的狀況。還要考量你的文章能否引起對方的興趣，對對方而言又具有什麼樣的意義等等。另外，也需要思考文章內容是要為對方量身訂作，還是要寫能跨越每位讀者個人差異的普遍性內容。

五、自身地位

從讀者的角度來看，寫作者處於什麼地位？

從讀者的角度來看，你會是個什麼樣的人物呢？如果是值得信賴的人，那文章將能有效發揮功用；但如果是無法完全信賴的人，文章也不會產生太大的效果。為了獲得期望的結果，勢必要提升自己作為發聲者的影響力，以及他人對你的信任程度。假如對方與你是第一次見面，還沒建立起良好信賴關係的話，那麼就必須仔細思量，該如何加強與對方的關係，以及該如何在自我介紹中加入能展現自己值得信賴的感覺，這一番功夫萬萬不可或缺。請試著了解從對方角度所看見的自己後，再寫出相應的文章。

六、論據

能提出對方認同的依據嗎？

在表達自己的意見之外，附上具有正當性的依據，並以堅定立場提供合乎情理的說明，就能讓對方感到贊同。文章的說服力，便是從「論據」而生。

七、中心思想

你內心最根本的想法是什麼？

所謂中心思想，是指構成文章基底的作者價值觀、生活方式與想法。像是尊敬、侮辱、感謝、憎恨、憤怒、依賴、自我主義等，即使不是以文字形式呈現，這些作為基底的內在情緒也會如實傳達出來。從這點來看，寫作似乎沒有這麼簡單，因為要根據自己的想法與生活方式，寫出毫不虛假的文章。當寫作者抱持負面的中心思想，並且絲毫不願改變的話，那麼，即使重新改寫文章，給予讀者的印象也是完全不會變的。為了讓自己所寫的文章有大幅度的轉變，就必須要從中心思想去切入探討。

或許我說明得有些急躁，但以上七點，卻是為了寫出「有用好文」所必須思考的要素。在之後的第二章中，我會針對每一項再做更詳細的說明，告訴各位每一項「該如何思考」的方法。

Lesson 3 文章的基本架構

在上述七個要素之中，當我們實際在寫作文章時，基本上會用到以下三項：

一、議題：要寫些什麼／自己提出的問題。

二、論據：提出此意見的原因。

三、意見：自己最想要說的事情／針對議題所下的結論。

這三項原則涵蓋了我們在日常生活中會運用到的所有文章，小至便條、大至論文，以下舉例說明。

〈以論說文的架構草案為例〉

議題：是否應認同夫妻不同姓氏（夫婦別姓）[5]？

論據：目前現狀有超過九成以上者是變更為男方的姓氏，圍繞在家族姓氏的存續及職場稱呼變更等議題上，女方承受過多的風險。

意見：我認為應該認同夫妻使用不同姓氏。

以下是某家長寫給幼兒園老師們的訊息，也可以用三個要點來分析。

今天，我們家太郎稍微有點發燒。在這個季節滿常發生，請不用太擔心，但是還請多費心，讓他上戶外活動課程時盡量休息。

議題：今天，家長希望幼兒園如何照顧太郎？

論據：因為出現稍微發燒的症狀。

意見：戶外活動課程時，希望能夠讓太郎休息。

議題、意見、論據，更白話一點，就是提出的問題、想表達的事情，以及其原因。想要寫出能發揮功用的文章時，請試著把這幾點考慮進去。

在這三點之中，「議題」常常會在文章中被省略掉，這是因為即使少了它，讀者仍然

5　編註：根據日本民法，同戶籍之夫妻須採相同姓氏，故日本女性多於婚後改用夫姓。多年來雖陸續有改革方案提出但大多未果，至今仍是日本社會熱議的話題。

可以理解文章意義。請參考以下文章：

就目前夫婦同姓的現狀來看，有超過九成以上的家庭是女方變更為男方的姓氏，圍繞在家族姓氏的存續及職場稱呼變更等議題上，由於女方將承受過多的風險，因此，我認為應該認同夫妻使用不同姓氏。**（論據↓意見）**

也可以在文章一開頭就大膽提出結論：

我認為應該認同夫妻使用不同姓氏，為什麼呢？這是因為就目前現狀來看，有超過九成以上的家庭是女方變更為男方的姓氏，而圍繞在家族姓氏的存續及職場稱呼變更等議題上，女方將承受過多的風險。**（意見↓論據）**

「先意見後論據」或「先論據後意見」，這是功能性文章最簡單的文章架構。希望未來當你遇到寫作障礙時，能回想起這個「意見／論據」原則。換句話說，所謂「具功能性的文章」，就是「明確表達自己想要說的話，並提供合理依據，讓讀者能認可或感同身受的文章」，請先記住這個概念。能夠運用此概念，應該就足以應對大多數情況下的文章。

若是遇到字數或時間有限的狀況，要保留哪一個部分比較好呢？請至少保留最小的單位，那就是「意見」。

我認為應該認同夫妻使用不同姓氏。**（只有意見）**

一篇文章中，最重要的重點，是你最想要表達的事情，也就是你的意見。沒有意見的文章，會讓讀者陷入困惑，「結果到底想要說什麼？」甚至無法稱作是一篇文章。

接下來的第二章，就讓我們從能明確提出自己意見的方法來介紹吧！

第二章

七要點的思考法

——寫作時，要思考什麼、又該如何思考呢？

如果不挖掘自己內心的感覺與想法，將之化為有形的文字，或許連你自己也不清楚自己的心思，也就更無法與外在的世界產生聯繫與共鳴。因此，找到一套有效梳理思緒的方法，是每一個人都必須學會的功課。

思考一　意見——

找到自己最想說的事情

文章的核心之處就在於你的「意見」，若沒有「想說的事情」，那就不成文章。序章中提到，「茫茫然」過生活的孩子們，正是受到最大傷害的人，這是為什麼呢？我們人類，不論多年幼的孩子，內心多多少少會有自己的認知，知道這人、那人和我，都是不一樣的個體。即便我們挖掘出自己心裡的感覺與想法，並將之化作有形之物，在直到他人過問之前，我們其實不會曉得自己內心的想法，對於他人來說是「扭曲變形」還是「驚豔絕倫」。

而用「茫茫然」的態度過生活，也就表示並沒有好好面對自己內心的想法，只是接納他人的意見再做轉述。若是不斷重複這種像鸚鵡學舌般的循環，自己的「內在感受」與「外在行為」將漸行漸遠，也無法讓自己與外界產生好的聯繫。

因此，當人們透過思考卻無法將自己內心想法表露出來時，是會默默受到傷害的。

所謂寫作這件事，是在寫作者自己下定論之前，都可以天馬行空、自由地去思考的一件事，不會有一個固定的正確解答存在於某個地方。與其期待有「基本常識」或「模範解答」之類的東西，倒不如把它們徹底摧毀，你的思考才會顯得有意義。試著完全否定那些自己相當倚賴的參考書籍看看，你會迸發出什麼樣的想法呢？

意見存在於自己的內心，你所需要的，正是一個將之拉出來的方法。

Lesson 1　什麼是意見？

所謂意見，是指對於自己所發想的「問題」，有一個自己的「回答」。

請把上面這句話再讀一次，並記住它。有「意見」的地方，必定會有「問題」。

以下舉例說明，主題是「關於從腦死者身上進行器官移植」，A、B兩人皆可自由發表意見。

意見A：我個人對器官捐贈抱持正向態度，有機會我想成為器官捐贈者。也希望更多人能夠一起加入器官捐贈者的行列。

意見B：不光是腦死或心跳停止，死亡的定義不該因法律規定而一視同仁。應該連同死者的生活文化以及與親人的道別等面向一起考慮，來釐清每一個個體死亡的定義。

雖然說是自由發表意見，但兩人的角度完全不相同。以下試著從「意見」來反推「問題」看看：

A的問題：要不要成為器官捐贈者？
B的問題：何謂人類的死亡？

就像這樣，意見的背後，其實存在有另外的「問題」，也可以說是當事人的「問題意識」。讓我們來看看日常生活中幾個關於問題的例子。

我真是個糟糕的人類。
（反推出問題：自己這樣的人類，是好還是壞？）
能阻止外婆的人，只有母親了。
（反推出問題：是誰，才能夠阻止外婆？）

看了上述例子，可以了解到關於「是好是壞」的是非題，答案只有一個，非好即壞。而對於「是誰」這樣的問題，答案也只會是某個人物。意見與問題相互呼應，能提供好意見的人，其設定的「問題」也比較深入。而若是提出膚淺「問題」的話，其意見也會是差不多膚淺的程度。

大部分的情況下，問題總在不知不覺間就存在於人們的心裡。有時候，人們對還不清楚真實面貌的「奇怪感覺」感到困惑，卻在某天、某個時間點，突然察覺到自己為何煩惱，這樣的情況所在多有。而只要知道「問題」的真面貌，我們心底就會感到無比舒暢。

可惜的是，我們卻總是在還沒有意識到根本的「問題」時，話就脫口而出或急忙寫下自己的意見。在現今社會中的人們，壓倒性地絕大多數都是屬於這種類型。

你為什麼提不出自己的意見？

不知道你是否有寫過以下這類型的文章呢？

- 只是將「知識」與「資訊」彙整在一起，結果沒有自己的「見解」。
- 想表達的事情太多，反而變得沒有重點。
- 自己也不太清楚自己想要表達的事情。
- 雖然提供了「意見」，但給人一種很普通、欠缺誠意、不是真心話的感覺。

像這樣無法有效提出自身意見的原因，大致如下：

- 沒有經過思考。
- 把牽涉範圍過於廣泛的問題，當成單一問題來處理。
- 沒有誠實面對自己的內心想法。
- 面對問題，沒有足夠的基本知識與資訊，因此連提出意見的資格都沒有。
- 無法承擔決策後可能發生的風險。

很多時候，即使我們自己認為提出的是「意見」，但其實只是「假設」或「感想」而已。以下舉例說明，這是一位家長寫給幼兒園老師的訊息：

今天，我們家孩子還沒有到需要請假的程度，不過是有些微的發燒情形。

看這位家長的寫法，或許他認為他提出的意見是「我家的孩子有些微發燒」。但這僅僅是狀況說明，而不是意見。

換個角度，從讀者一方來看，就能了解了。幼稚園老師看了這樣的訊息，想必會感到困惑，可能會擔心或疑惑：

「有些微發燒，所以要怎麼配合比較好呢？」

「這類情況經常發生，所以不用太擔心。還是家長希望老師們多注意一點呢？不過，多注意一點又是指要注意哪些事情呢？」

「園內還有其他許多小朋友，我也沒辦法時時刻刻只顧著一個孩子。」

「要小心什麼事情、又該如何協助比較好呢？」

諸如此類等等，像這種沒有明確提出意見的文章，會給讀者造成理解上的負擔。以下再次舉例，像下面這樣的訊息便不會讓幼稚園老師感到困惑：

今天，我們家太郎稍微有點發燒。在這個季節裡滿常發生的，應該不會有更嚴重的惡化情形。大部分的課程可以讓太郎繼續上課沒有問題。不過，如有戶外活動課時，還請多費心，讓他盡量休息。

這是家長在考慮到孩子的狀況及幼稚園的情形後，提供了身為一名家長的意見。

即使幾經思量之後，仍有自己無法決定的情形時，也能夠放心提供自己的意見：「由於我無法到場處理，因此我信賴老師們的判斷。」

像這種看似微不足道的訊息，也是一種「意見」的呈現，必須要經過思考才行。

如果寫文章時，比起自己想要寫些什麼，太過於把重點都放在要怎麼寫才能夠獲得他人好評的話，就只會寫出遠離自己想法且缺乏誠意的意見。於是乎，連自己在別人眼中的印象都變得相當薄弱了。在思考的同時，不要違背自己的中心思想，這才是寫作的原則。

此外，對於自己所不了解的事情無法表達意見，這是再自然不過的事。不自然的，反而是那些明明不了解、卻能夠寫出意見的人。當他人尋求你的意見時，你應該先認知到「自己並不是很清楚」這件事，再謹慎表達出意見。另外，當你想要提供意見時，可以先了解和調查必要的項目，接著在能夠承擔的責任範圍內書寫即可。透過觀察、詢問、調查的過程，將能夠逐漸看清屬於自己的見解。

Lesson 2 找到自己意見的方法

那些無法化作言語的內心糾結或胸口煩悶，雖然它們是意見的來源，但若是就這樣放著不管的話，總有一天仍會消失。而能夠表達自己意見的方法，就是思考了。

一問一答，讓思考向前邁進

為了要用自己的頭腦去思考事情，首先，我們必須要有工具。思考的工具通常是以「？」的形式出現，沒錯，正是「疑問」。

對自己提出「疑問」後，由自己來「回答」，接著從答案中再提出新的疑問。透過重複「疑問→回答→疑問→回答」這樣的流程，思考便能持續向前邁進。

面對牽涉範圍過廣的大問題，若總是想著要立刻回答的話，那麼將漸漸厭惡起「思考」這件事。此時，為了方便思考大問題，我們可以先從找出幾個有效的「小問題」開始著手。一開始，你可能會想不到什麼是好的問題，但只要盡量提出來，你會漸漸習慣這個模式，變成提問的達人。接下來進行整理並篩選「問題」，從選出的問題中，重覆自問自答。經過不斷地抽絲剝繭，自己的想法將會更加明確，而這也正是你自己的「意見」。接著，就來透過實例說明吧！

當個好奇記者，追著自己採訪

A在公司是一位擁有豐富經驗與技術、且獲得現任職部門高度評價的員工。當A收到調職的非正式通知時，他相信以他的經驗，在調任後足以擔任新工廠的技術長一職。

然而，到了新工廠後，廠長卻以「未聽說此事，技術長早已任命其他人選」為由搪塞。於是A向公司人事部詢問，卻得到「公司發出的異動通知都是暫定，最終決定權在新任單位的長官手上」的答案，被公司一腳踢開。然而，那位被新任命為技術長的男性，不但是從完全不同業種的公司轉進來的，工作經歷也遠遠比不上自己。甚至用不著比較，很明顯是自己這方更能拿出實績、為公司做出貢獻。不論是在公司外獲得的獎項，或公司內部評比排行榜等，任何人只要讀過A的相關資訊，馬上就能看清這個事實。然而，新工廠廠長似乎並沒有完整看過成員們的工作經歷。「可惡。至少也看一下部下的工作經歷吧！」A憤憤不平地這麼想。

因此，A決定要向人事部長提出一份抗議書。「沒有按照工作經驗跟能力去評斷，是怎麼一回事」、「人事部門形同虛設，搞什麼」，種種憤怒心情有如火山爆發一般。後來雖重新改寫了無數次，卻反而變成非自己本意的文章了。A不禁想著：「必須要冷靜下來好好思考才是……」

因此，A決定仔細思考，自己到底想表達什麼事情，也就是說：「面對人事部的不合理，我最想要說什麼？」

想當然爾，這麼大的問題很難立刻回答，因此，為了好好思考這個大問題，先把各種想得到的、可能有幫助的「問題」盡力找出來，然後再一層一層問自己：

- 想要對誰提出意見？
- 自己是對什麼事情感到憤怒？
- 人事制度沒有發揮其適當功能的原因是什麼？

● 誰才是壞人？
● 有沒有可以幫助我的人？
● 最後應該要是什麼樣的結果，自己才會感到滿意？
● 過去是否有發生類似的困境？

A試著從上述選項，選擇幾個自己最想了解的問題！

一、最後應該要是什麼樣的結果，自己才會感到滿意？
二、人事制度沒有發揮其適當功能的原因是什麼？
三、想要對誰提出意見？

接著，針對各個問題不斷重複對自己進行自問自答，直到自己的想法明確清楚為止。

這種方式沒有一定的規則，先執行看看比較重要。

問題一：最後應該要是什麼樣的結果，自己才會感到滿意？

⇦

想讓犯錯的人了解到自己的錯誤。

⇦

那麼，是誰呢？

不看資料就決定人員任用的新廠長、把人事權全權交付給單一員工的人事制度，以及允許這種制度存在的公司。

所謂了解到自己的錯誤，是指什麼事情？

希望對方承認錯誤並道歉，也希望公司未來制度能更公平公正反映出員工工作經歷與實績。

何時？又是為了誰？

首先是為了自己，然後是未來與我有相同遭遇的人。希望能夠盡早改正，可以的話就是現在。

公司現在就能夠為了我而改正的事情，是指什麼？

客觀評論每位員工，選擇最具有實績的我擔任技術長一職。

所以說，我要怎麼樣才會滿足？

⇦

擔任新工廠的技術長一職。

⇦

最終回答：我強烈希望公司任命我為技術長。

⇦

從旁觀者角度來看，似乎是繞了相當大的一圈，不過當腦袋一片混亂之時，的確是會發生類似的情況。

整理出應該最先處理的事情，不是彈劾新工廠廠長、也不是建立新的人事制度，而是自己要成為技術長。接著，進入下一題。

問題二：人事制度沒有發揮其適當功能的原因是什麼？

⇦

因為新工廠廠長沒有看人事資料。

⇦

為什麼沒有看人事資料？

⇦ 個人猜測，或許是因為新工廠的員工，包含現場當地任用的畢業生，有兩百人左右，可能業務量相當繁重。

⇦ 要怎麼解決？

⇦ 雖然自己也不清楚該如何解決，但原先沒有成功傳達給公司的我的個人價值，有必要再一次清楚確實地傳達。

⇦ **最終回答：我想展現我的個人價值。**

⇦ **問題三：想要對誰提出意見？**

⇦ 能夠告誡新工廠廠長的人、擁有更高權力的人。

向高層舉發及提出訴求後，情況會如何轉變？

⇩

如果舉發過程順利，高層有聽進去我的訴求的話，可能會將新工廠廠長調離現職，但經此向高層舉發一事，日後內心必將產生一塊疙瘩。若是我的訴求無法順利傳達，則目前的人員部署將不會改變。然而，無法順利傳達的機率是比較高的。

⇩

那麼，要向誰表達意見才能改變現在的人員部署呢？

⇩

不試試看不會知道，但唯一的可能性，就是那位掌握人事權的新工廠廠長，沒有其他人了。

⇩

最終回答：向新工廠廠長提出自己的訴求。

綜合以上三點問題與回答所述，自己的想法變得顯而易見，「我想要向新工廠廠長表達我的訴求，我想成為技術長，並且以自身經驗展現個人工作價值」。

你是否也開始想像該如何把意見拉出來呢？一開始的重點，是盡可能以任何方式，硬逼也要逼著想出問題點。當你習慣之後，問題便會很自然地出現在腦海裡。

●問題是什麼？
●原因是什麼？
●遇到的阻礙是什麼？
●誰掌握了關鍵所在？
●要怎麼做才能解決？
●有發生過類似的事情嗎？

像這樣子，把這些有幫助的「問題」，有機會就先自己保留起來，也是一種方法。或者藉由與他人商量、討論，也可以從對方身上獲得一些有幫助的「問題」。

「答案」是一種不需特別留意，但是需要靠自己去尋找的東西。而必須經常留意且放在心上的則是「問題」，也就是要學會發現「問題」。

問出個人特色，文章更出色

有兩個人各自提出關於天氣的疑問：

A：明天的天氣如何呢？

B：天氣會給人帶來什麼樣的影響呢？

關於A的問題，只要稍微查一下，馬上就可以知道答案。但若僅止於資訊收集，似乎並沒有太大的效益。

另一方面，關於B的問題，感覺好像會接連產生一個又一個的問號。像是「人的內心與天氣有關係嗎？」「身體狀況與天氣有關係嗎？」「在知名電影場景中，天氣發揮了什麼樣的功用？」等等。

不論是做學問或解決問題，都是從發現「問題」開始的。因此，在大學入學考試中，學生所具備的「發現問題的能力」，始終是一項重要評比。與自己切身相關的問題、想解開的謎題、甚至還未成形的想法等，這些都是能讓人們成長茁壯並具有獨特創造力的根源，就彷彿樹枝上冒出的新芽般，具有無可替代的價值。

Lesson 3 擴大提問，範圍不設限

有些時候，明明已經提出許多「疑問」，但自己卻卡在思維的迴圈中。舉例來說，當有人問到「你今後的抱負為何」時，雖然試著對此提出「疑問」，但是……

- 自己今後要以什麼做為目標？
- 自己今後要在哪些事情上做努力？

● 自己今後一定要完成的事情是什麼？

從這些問題來看，應該還是很難得知未來抱負是些什麼。因為被問到的時間點是「今後」，所以自然把焦點放在「今後」的「自己」來提出疑問；但是很諷刺的是，若是追求高效率、只把範圍侷限在與主題有關的事物上來提問的話，意見將會變得狹隘，思考亦容易陷入困境。因此，請參考下面的圖，試著擴大提問的範圍看看。

從「過去↓現在↓未來」的時間軸與「自己↓身邊↓社會↓世界」的空間軸不斷向外擴大，拓展自己的視野，提出不一樣的問題。

拓展時間軸的視野

當你想要思考「今後」的狀況時，試著大膽轉個彎，把眼光看向「過去」與「未來」。舉例來說：

● **過去：**在過往工作中，哪件事情最讓你感覺充實？自己付出了怎麼樣的努力，才獲得這樣的回報？

● **現在：**最近幾年來，自己闖過什麼樣的禍？自己的那些問題是闖禍的原因？要怎麼改善比較好？

擴大視野的思考方向

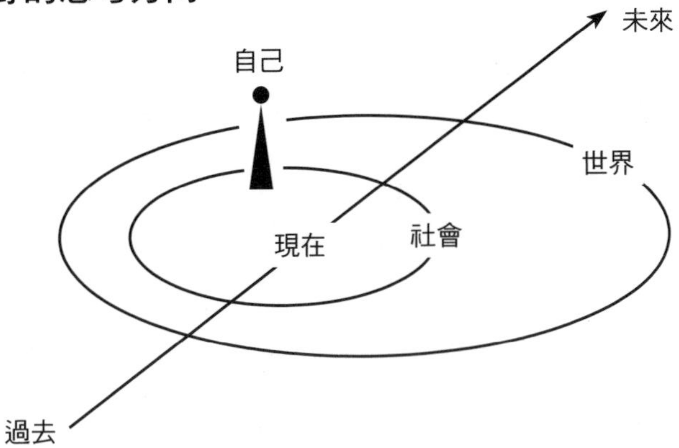

▲ 從「過去→現在→未來」的時間軸與「自己→身邊→社會→世界」的空間軸不斷向外擴大，拓展自己的視野，提出不一樣的問題。

● **未來：**三年或五年後，自己想要成為什麼樣的人？為了達到目標，必須要做到哪些事情？

一路走來的自己、現在的問題點、三年後、五年後……想要達成什麼樣的結果，從各角度切入的同時，搭配不同的時間軸，進而提出「問題」。請在這條把問題串連起來的線上，找出自己「今後的」抱負。

拓展空間軸的視野

無論你有再多「自己的」抱負，如果你只在意自己的話，像是「我想做的是什麼？我應該做的是什麼？」你反而會看不見其他與你有關的事物。這邊也請運用大膽轉彎的原則，與其只在意自己，不如試著看看「其他人」。

自己↓身邊的人↓公司↓社會↓世界……，請試著將視野向外拓展，並提出問題：

- **個人**：主管與部下現在有著什麼樣的問題？對我有什麼期待？
- **團體**：我所屬的團隊，未來會有什麼發展？他們想要什麼樣的人才？
- **社會**：在自己關心的議題中，社會產生了哪些問題？自己能做出什麼貢獻？

⇩

所以，今後我自己想要怎麼做？

從與自己相關的人們與團體，或者社會與世界中，找出「自己的」抱負。

就像這樣，當你發現思考遭遇困境時，盡可能試著將「提問」的範圍擴大看看吧。

思考二　期望結果——
認清寫作的真實目的

為了要寫出能在發生狀況時發揮功用的文章，你必須要先在腦海中預想結果，到底「是為了什麼而寫作」。以我自身為例，會開始在寫作時注意到所寫文字可能帶來的結果，是來自於某個微小的契機。

太害怕犯錯，反而迷失寫作目的

在逼近升學考試季節前的某一天，有一位準考生問我一些關於入學考試論說文寫作的問題。每年到了這個時刻，總有許多憂心忡忡的準考生會來問我問題。

問題是這樣的，學生提到：「想請教關於稿紙的使用方法。如果在無法調整文章篇幅、時間也不夠的情況下，可以把上引號單獨寫在某一行的最下面一格嗎？或者在最下面那一格，把上引號跟文字寫在一起比較好呢？這樣會不會被扣分呢？」

我們寫作指導老師會盡量去避免使用這樣的寫法，而是把重點擺在文章內容的充實度、及標點符號是否運用得宜。但是，若真的遇到這樣的情形時，我認為不論是哪一種寫法，應該都不會影響分數。

不過，因為正值大考前夕這特別的時間點，我必須相當慎重。我嘗試詢問那位學生報考大學負責招生的部門，得到的回答卻是「關於這類問題無可奉告」。

我也詢問了其他論說文寫作相關人士，最後得到這樣的結論：「不論使用哪一種方法，應該都不會造成扣分的情形才是。只不過，我們沒有辦法百分之百斷定說那所大學肯定不會因為這種情形而扣分。」

雖然我很想用百分之百肯定的語氣來回答學生，但萬一發生問題，不但會給那孩子帶來困擾，也影響到學生對我身為教育工作者的信任。表面上說得振振有詞，但其實我內心對於果斷說出口這件事卻感到恐懼。果然一遇到考試，每件小事都會讓神經緊繃起來。

那麼，我要來寫給那學生的回覆了。我參考了編輯部與大學負責招生的部門的意見，並加以統整，再附上有經驗專家的看法，想要用報告的方式來呈現「無法百分之百斷言」這樣的結果。或許，我是想要表達「我很仔細去調查過了喔」的心情也說不定。

就在此時，剛好有一位老師撥了通電話給我，由於我們私交不錯，因此我針對這一個案向他請教一些問題。然而，我卻為他接下來所說的話，驚訝得說不出話來。

「我覺得這個學生想要的，應該是一份安心感喔。」

原來如此……。啊啊！原來是這麼一回事。我驚覺到自己錯失了一塊很重要的部分。那就是竟然忘記了「我是為了什麼目的而寫」的初衷。

「我是為了什麼目的？」我是為了特意表現自己下了很大功夫去調查嗎？還是只為了把既有的事情、既有的順序、既有的樣貌正確書寫出來？又或者是為了逃避企業責任？

以上皆非。

抓住問題核心，找到最佳應答方案

關於學生的提問，如果只是一兩個字詞的話，大部分時候都可以用標點符號來調整。這位學生究竟是為什麼要特別詢問這種不太容易發生的狀況呢？

正因為這是他們人生中第一次重大考試，不論多細微的問題，只要無法獲得清楚的解答，內心就會充滿不安。因此，學生提出疑問，無非是想徹底地消除自己的不安。

因此，若是給予「無法百分之百斷言」這種沒有精準到位的回答，那他會怎麼想呢？

可以預見，那學生將帶著不安參加考試。然而，從整體入學考試來看這個問題的話，就會發現這其實只是一件微不足道的小事。

明明是小事，卻寫得像報告般詳細冗長，學生看到可能會很驚訝，「原來這件事這麼重要」。我這份用自以為的貼心所慎重寫下的文章，反而會帶給對方強烈的壓迫感。

給予安心感，這才是我最終的寫作目標。如果沒有這個目標的話，寫出來的文章就沒有意義了。把最重要的部分先確實掌握住，那麼便能夠很自然地了解到要寫些什麼內容、應該要怎麼寫。我要寫的不是死板板的說明，而是要能夠幫助人們擺脫焦慮。

所以首先，要將結論明確地告知對方。以剛才的例子來看，就算經過一番調查，仍然沒有得到確定會造成扣分的結論，我並沒有在一開始的時候聯想到，這樣的結論是否會影響學生的成績合格與否。不過，令人感到不可思議的是，當我想要給予對方安心感時，自己也能夠冷靜下來了。

接著就要以此為依據，提供一個讓學生放心的回答。大學招生部門無法回答關於考試的問題，主要是由於考試當天的準考生，每一個人都是平等的，不能有特別偏頗回答哪位學生的情形。再者，處理這樣的問題要採取避重就輕的方式。從整體入學大考來看，這種瑣碎的小問題，就必須用對應小事的方式來處理。

因此，關於學生提問的這一個問題，我最後決定，改用電話而不是用文章的方式來回覆他。因為當對方有不懂的地方時，他在電話中可以馬上反問，而我則能夠立刻消弭他所有的擔憂。

我用開朗明快的聲音跟他說：「不論哪一種寫法都不會影響考試成績，沒問題的，請放心！」結果，學生也用非常愉快有精神的聲音回覆道：「我明白了。這樣我就可以放心參加考試了！」

「放心」。這正是我想要聽到的回答啊！單純只是回答一個問題，為什麼能感到如此開心呢？因為我明確意識到「我是為了什麼的目的而做？」而為了這個目的，我花費一番苦心，將無用的東西全部捨棄，最後果然得到如我預期的回覆！

這不僅僅是單純的回答問題而已，而是能夠提供對方一個名為「放心」的價值所在。

Lesson 1 把「期望結果」始終放在心上的寫作方法

在寫文章或想提筆寫作時，很多時候自己也不清楚自己想要寫些什麼，滿多人都會遇到這樣的狀況。像這種時候，就可以好好來思考自己究竟是為何而寫。

舉個工作上的例子來看，假設後輩來向你請教，希望你能夠就你所擅長的領域，教導他一些工作技巧，若你的回應是「好的，那我寫成文章給你吧」，當你在不加思索的情形下就動起筆來，很有可能會演變成如下的情況。

迷失「寫作目的」的三種狀況

一、內容多在自吹自擂，變成展示自己截至目前的工作業績與成功案例。

↓結果，給後輩一種「前輩好厲害啊」、如下馬威一般的感覺，要不就是後輩被前輩的「得意洋洋貌」給嚇到。

二、把所有工作要項鉅細靡遺地寫入文章，導致文章篇幅極長，也把自己累垮。

↓結果，讀文章的人也會很累。容易產生「這份工作有這麼累人啊？這些全部都要做嗎？」這種憂鬱的心情。

三、只針對自己有興趣的部分，洋洋灑灑寫得非常詳盡。

↓結果，可能會引發後輩不滿的情緒，「內容過於專業，好難理解。我明明就連基礎都還站不穩呢」。

自我檢查的三個切入點

若不清楚自己為了什麼目的而寫，請依照以下順序，用這些問題問自己看看吧：

一、自己現在正在寫些什麼？想要寫些什麼？

二、所以，那是什麼樣的內容？對讀者來說，具有什麼樣的意義？
三、希望讀者怎麼做？又，為了達成這個目標，該怎麼書寫比較好？
讓我們用前一小節的例子來看，如果你屬於第二種「把所有工作要項都寫進文章」的情況，那麼請先試著用以下的方式來做確認：

一、自己現在想要寫些什麼？
→想要寫下所有的工作執行要項。

二、這麼做，對讀者來說的意義是什麼？
→不論是文字量或要做的工作，對讀者來說都太多了，會變成負擔。

三、希望讀者怎麼做？
→希望即使是第一次接觸到相關工作的後輩，也可以在閱讀文章後說出「我知道要怎麼做了，而且幹勁十足」。為了達成這個目的，必須決定工作要項的先後順序，並聚焦於重點來寫作。

請試著像這樣，時不時讓自己從寫作者的身分跳脫出來，客觀審閱自己所寫的文章及其功能性。我自己也經常不帶個人情感地審閱自己的文章，有時會感覺文章空洞無趣，或是備感挫折，這些都是稀鬆平常的事。雖然這是很辛苦的過程，但我認為，這種辛苦總比最後寫出一篇毫無意義、大家都不會開心的文章要好得太多了。

你希望從讀者那邊聽到什麼話？

對於自己所寫的文章，你想提供什麼樣的價值給讀者？你希望讀者或現狀有什麼樣的改變？能夠具體明確地說出來非常不錯，但如果不習慣表達的話，將會很難達到自己想要的目標。因此，有一個好辦法：那就是**事先想像讀者的回應**。

也就是說，當讀者看完了你所寫的文章，你希望他說些什麼，先用讀者會說的話來想像結果。如此一來，可以比較容易具體地描繪出結果。這個是我任職於私人企業時所學習到的，也是在製作刊物時有成效的方法。

舉例來說，當我要寫一份工作執行要項給後輩時，我會想像我希望後輩讀了以後會說些什麼？接著，是我期望他說哪些話？這些都會影響到我的寫作方式。

〈想從讀者那邊聽到的話〉

- 非常好懂！
- 讓人神經緊繃，感覺是好辛苦、責任感又重的工作啊。
- 好像很有趣！我開始期待這份工作了。
- 感覺每個工作流程都有它的意義，我很認同，也會努力去執行。

只要試著想像對方的反應然後動筆書寫的話，這份工作執行要項書將會是一份強而有力的交流工具。只要在寫作方法上用點心思，就能夠將許多自己的想法傳達給對方，也能夠發揮作者的原創性。

如果每次提筆寫文章時，都能像這樣子去思考「為了什麼目的而寫」的話，你應該就能夠發現：每一次的思考，都是對自己的工作觀或世界觀提出質疑的過程。像是工作上所寫的文章，從基本面來看，就會與自己到底是為了什麼目的而工作這件事情有關。

那個目的，也可稱作自己的「志向」。即使很小也無妨，重點是要言之有物。

比文筆更重要的事

我認為，光是只有文筆很好這一點，沒有太大的價值。

在我從事雜誌編輯工作時，需要和許多作者邀稿，也閱讀了許多人所寫的文章。的確有人妙筆生花、文筆相當動人，不論是豐富的詞彙與知識、文章架構能力，或僅僅一行字便成功營造出緊張感等等，在在都顯示出他們在文章寫作訓練上的過人之處。

然而，其中有某些作者，他們對周遭的人不是很友善，尤其相當看不起年輕人，像這種讓人很困擾的情形所在多有。他們對讀者的感覺就像是：「因為你們都很糟糕，所以就讓我這經驗豐富的人來教導你們吧。」

讀者對於這樣的氛圍其實是相當敏感的，也會反應意見給我們，比如「作者好像都強迫推銷他自己的觀念跟看法」、「我想看其他人寫的文章」等等。看起來，我們編輯部的同仁們，反倒是被作者豐富的經歷與僅止於文章表面的優秀文筆所迷惑了。

此外，也有些人會在意見反應處，以其優異的寫作能力寫下極度傷人的詞句。編輯部的大家也都是凡人，不出半日，整個團隊的工作士氣就被這些文字消磨殆盡了。

這種類型的人，到底是為了什麼目的而磨練他們的寫作能力呢？寫作能力是為了用來輕視他人、傷害他人的東西嗎？因為文筆很好，就可以為所欲為了嗎？

有些時候，人們會表露出憤怒，或是產生不得不用文章來反擊的心情。也有的時候，人們顧不得讀者是誰，一心只想著自身怨氣不吐不快，因此被突如其來的衝動所驅使，寫下充滿情緒的文章。然而，即使是這樣氣憤的時刻，我也希望你能稍微停下腳步來想一想。這樣的文章，究竟存在什麼樣的價值？這樣的文章，能夠改變多少現狀？這樣的文章，你期望帶來的結果又是什麼？

假設，你寫文章的目的只是要傷害某人、只是要打擊某人士氣，但之後當你發覺到這是篇什麼內容也沒有的文章時，你仍然會想要寫出來給某人嗎？

相反地，看到許多不同領域的專家們，運用他們的知識，徹底思考文章與讀者之間的關聯，並留心該如何將內心想法「傳達」給高中生讀者，是相當振奮人心的。而讀者也會給予回饋，比如「讀著讀著就有新發現了」、「感覺世界變寬廣了」、「內容好有趣」等。

對於這類作者來說，我認為他們對於寫作的定義，是為了讓想法能傳達出去並讓讀者感到開心。此時反觀自己所寫的文章，又能否帶給人們開心呢？帶著太過強烈的目的性去寫文章的話，寫作將會變成一件痛苦的事情，試著一有機會就向他人請教看看，了解一下自己所寫的文章對他人的影響及反應。我始終認為，能夠用自己所寫的文章，帶給人們一點歡樂、一點啟發，或讓讀者發揮其自身潛力，才是我越寫越開心的原動力。

或許這樣的建議有些許難度，但希望你能夠依循著「用你想寫且只有你能寫的事情，獲得讓人們開心的成果」這一點，來設定文章的目標並且不要偏離。不妨試試看吧！

思考三　議題——

內容的收集、聚焦與決定

Lesson 1

何謂議題？

所謂「議題」，是指貫徹整篇文章的問題，也可以說是作者的問題意識。就像人們常說的「獨特的切入點」，議題就是要從各種角度，來處理各種問題。不論是文章的方向或讀者的興趣，都是由議題來主導的。

雞同鴨講裡的「尷尬平行」與「巧妙交集」

無論寫文章還是與人交談，只要有意見的地方就一定有議題。所謂不對盤的對話（雞同鴨講），是指雙方並未持有相同的「議題」。日本人容易將「議題」誤會成「話題」，我們就用以下對話的例子來看一下：

A：「上次打高爾夫打到腰好痛，這週剛好又是我女兒的運動會，真是糟糕啊！」

B：「高爾夫啊……最近我也打不順手，很困擾。」

A：「如果是打不順也就罷了，我目前連俱樂部都去不了了。還要跟女兒一起參加障礙賽跑，真的好頭大，我也不希望勉強出賽結果輸得很難看。」

B：「我也覺得我暫時休息一下比較好。如果莽撞參加比賽，反而會越來越沒自信。」

兩位談的都是論高爾夫，可說有共通的話題。但實際上他們的對話卻不太對盤。

A的議題：參加女兒的運動會該怎麼辦呢？

B的議題：我最近打不順手要怎麼辦呢？

兩位都是有共同興趣的社團朋友，應該要有共通的話題才是，但現在看起來好像沒有一個能夠炒熱氣氛的話題。這個原因正是出在議題，亦即雙方所關心的問題各自偏離了。

接下來的對話例子，是從高爾夫的話題大幅轉移到另一個話題。

B：「咦，C有打高爾夫的經驗嗎？」

C：「沒有耶，我完全沒有打過，對高爾夫不太有興趣。」

B：「啊，那跟你說可能也沒用，我最近打不太順手就是。」

C：「我從事美容工作，以前也有過不太受客戶歡迎的經驗。那時我詢問了客戶跟前輩對我工作方式的看法，才了解到是我個人主張太過強烈，所以後來我就改掉了。然後……」

A：「喂喂喂，從高爾夫的話題越講越遠了啊。」

不不不，其實話題並沒有跑掉喔。只要從B跟C的議題來看就知道了。

B的議題：我最近打不順手要怎麼辦呢？

C的議題：要跳脫做事不順手，哪些是有效的方法呢？

也就是說，如果能夠擁有相同的問題意識，那麼不論談論哪種領域、哪件事情，對話都可以成立。

議題設定失誤，讀者一頭霧水

文章寫作與實際對話有異曲同工之妙，文章的作者與讀者之間也會有不對盤的情形。請用求職活動時所寫的自我推薦函為例，一起來思考看看吧。

學生D申請了企業參訪，對方要求「文章形式不拘，請攜帶一份自己所寫的自我推薦函」。D在幾經思量之後，認為「回顧自己的學生生活中，自己一路走來始終能堅持下去的的便是音樂活動。對自己來說，音樂是唯一的優點」。因此，D以「我對音樂的熱情不會輸給任何人」為主旨，寫下了強力推銷自己的自我推薦函。

這樣的文章，讓公司負責招募的人看到了，應該會歪頭納悶吧。心想，我們公司跟音樂一點關係都沒有啊，對音樂的這份熱情，進入我們公司會帶來什麼樣的幫助呢？讓我們來看一下學生D與公司招募人員兩方的問題意識。

公司招募人員：申請人對於工作的適性如何？

學生D：我無論如何都熱愛著音樂。

兩方完全不對盤呢！公司招募人員想要看到的，是申請人對於工作方面的適性。如果偏離了這個主題，不論再怎麼強力推銷自己也沒有意義。到底該怎麼做才好呢？

講自己想講的，也要和對方搭上線

於是學生D思考要寫音樂以外的事情，比如大學的主修或朋友關係等。然而，由於只有音樂是他目前人生最大的一項優點，沒有其他項目可以誇耀，因此，要寫其他事情的話很明顯不利於他；文章的議題，也將會從自己所關心的事物偏離出去。做好文章的軌道修正，便能夠達到「即使不改變話題，也可以改變議題」的目標。議題，正是一篇文章的舵手。

把目前的議題稍微改變一下，從「我無論如何都熱愛著音樂」調整為「我從音樂中培養出的特質，能如何活用在工作上」，你覺得怎麼樣呢？

如果是從這個角度切入的話，就可以預期這篇文章將告訴讀者，自己會怎麼把音樂天分運用於工作上，比如團隊成員間的協調性、領導能力、精準掌握顧客的企劃能力等，相信會讓公司招募人員眼睛為之一亮。

發現讀寫雙方都感興趣的新議題

為了要寫出一篇有效的文章，設定一個不會偏離自己與讀者所關心問題點的議題，是必要的過程。當然，要設定一個議題不容易。有的時候，讀者對於作者想寫的東西沒有興趣；或是剛好相反，作者對於讀者想看的東西沒有興趣。

然而，正因為如此，到底該如何把自己所關心的議題，從對方有興趣的角度切入去寫成文章呢？掌握對方感興趣的部分，並且讓文章的大方向逐漸往作者自己有興趣的部分走去，這正是作者展現寫作真本事的所在。讀者與自己，時而激盪彼此的問題意識、時而回歸至問題基本面，讓我們一起發現雙方都感興趣的嶄新的「議題」吧。

Lesson 2 「主題」與「議題」是兩回事

「議題」這個想法，對許多日本人來說，是不太習慣的。因為他們不論是在對話或文章中，議題多是被省略的部分，即使注意到自己本身的意見，但其背後含有什麼樣的問題意識，卻很難去理解。因此，若能學會「議題」這個概念並牢記於心的話，將能在文章寫作時，發揮超群的效果。我認為，能夠駕馭議題的人，便能夠駕馭整篇文章。

在指導學生文章寫作時也是，最難教也最難理解的部分，就是議題了。舉例來說，假設請高中生以「日本人」為題寫一篇作文，有些學生會直接用「關於日本人」為其議題來做論述。不過，這充其量是主題，並不是真正的議題。

像「關於日本人」這種範圍非常大的題目，若是直接提筆寫作的話，內容很容易會變成荒謬且模糊的一篇文章。

因此，必須要把範圍縮小，比如「集體主義可說是日本人的特徵，而其是否有崩解的趨勢呢？」像這樣聚焦在個人的議題上才是。

說到是否有從主題縮小範圍到議題的優良範本的話，應該就非雜誌莫屬了。

在知名男性生活流行雜誌《BRUTUS》的標題中，特別能看出幾個從主題切入至議題的精彩之處，尤其是由齋藤和弘先生擔任總編的那段時期，特別經典。以下舉幾個例子來看。

上述這些正是實實在在的議題。每一項都是一個獨特的好「問題」。讓我們把這些與雜誌上常出現的文章標題放在一起比較一下，比如「男性便服穿搭特集」、「燒肉店排行榜」、「愛馬仕徹底研究特集」等，我們很清楚可以看出來，這些文章的標題並不是議題，只是單純的架構而已。

一篇設定了完整議題的文章，不但可以讓讀者產生更加具體的印象，也能夠激發讀者的興趣，這效果是非常明顯的。而實際上，曾經有一段時期為了銷量而苦惱的《BRUTUS》雜誌，

主題	標題（議題）
男性時尚	為什麼日本男性不太擅長便服穿搭？
住宅	在東京都內二十三區能擁有自己的房子嗎？
美食	人們為什麼會想推薦燒肉店？
精品（愛馬仕）	等待三年也值得，就是想要凱莉包的理由。
汽車	以每月賣出一萬輛的 Yaris 為基準來選車的話?!

運用了這個方法，讓雜誌銷量達到起死回生的效果。

不僅如此，光是看這五個標題，即使沒看過文章內容，你是否也能感受到《BRUTUS》那獨特看待事物的眼光與格調呢？

沒錯，讀者在還沒看到你的意見之前，光是看你如何提問，就能從中感受到你獨特的眼光與格調。標題中蘊藏的議題，在「凸顯作者的獨特性」這點上，發揮了很大的功用。

看到這邊，如果你可以掌握住主題與議題的不同、並理解如何聚焦在議題的話，就已經很足夠了。接著讓我們繼續往下看。

Lesson 3 議題的兩個原則

在進入議題的決定方式之前，先來確認議題的兩個原則。

原則一　議題與意見互相呼應

議題與意見，是一種問題與回答的關係。在文章中，不論明白指出或是省略掉，在意見的背後，總是存在著將其引導出來的「問題」，換言之也就是議題。

意見（回答）　害怕改變的員工，是公司的大敵。

⇨

議題（問題）　公司的大敵是誰？

如同在本章「意見」一節中所描述關於文章寫作的方法，首先是把自己想說的事情明確表達出來，再來是從議題開始切入。反之從議題切入的話，第一步要先明確了解自己的問題意識，像是明白指出「公司的大敵是誰」這樣的問題。接著以此為基礎，去收集資訊、獨立思考，經由這些過程，最終導向一個結論，這是從議題切入來寫作的一種方法。

不論是要從「議題」或是從「意見」兩種方法中擇一開始，都不要緊。許多人會採取折衷的方式，也就是在寫作的過程中，逐漸釐清意見，接著再依此調整議題的角度與方向。像這樣一邊調整意見與議題、一邊完成文章，我認為也是一個不錯的方法。

只不過，請注意以下兩點。

第一個是，留意文章的議題，在寫完時是否仍有貫串全文。舉例來說，下面的例子便沒有連貫性。

議題（問題）　公司的大敵是誰？

意見（回答） ⇦ 員工必須要遵守社會人士應有的禮儀。

很明顯地，文章所要表達的事情有些偏離了。例如，假設某位社長以「在公司改革期間中，本公司的大敵是誰」為議題來寫作文章時，當下腦海裡立即浮現出公司一批保守派員工們的身影。若僅止於此倒還無妨，但如果想到他們的工作態度，心中便燃起無明火的話，結果將演變成禮儀教育的文章。寫出像這種偏離軌道的文章，是很常發生的事情。

為了防止文章偏離軌道，並適時修正自己文章方向，必須要確認好自己所寫出來的文章，其議題與意見是否有互相呼應。也就是說，寫作時必須要確認，對於自己所提出的「問題」，是否都有自己的結論與之對應。

第二個很重要的點，是在寫作時要隨時保持對「問題」的敏感度。隨時留意文章是否保持一貫性的這個大重點固然不可或缺，但每一個段落中也存在著小重點。當你在寫作中遇到要改變話題之際，感覺有哪裡不太對勁時，可以試著思考「我是基於什麼樣的問題點來寫作的」，而不是用「我到底想要寫些什麼」的角度。舉例來說：

議題（問題）　公司的大敵是誰？

段落一 ⇦ 必須具備什麼樣的特質才能進行改革？

段落二 ⇦ 本公司員工具有改革的特質嗎？

段落三 ⇦ 是否有具體事例可說明？

段落四 ⇦ 關於這個事例有什麼樣的想法？

意見（回答） ⇦ 員工必須要遵守社會人士應有的禮儀。

如上所述，當把著眼點放在問題而非所寫的內容，來看每一個段落的開展的話，我們就可以清楚發現，段落四的問題稍微偏離了。因此，修正問題如下：

段落四 ⇦ 這種員工的存在，會給公司帶來什麼樣的影響？

意見（回答） 害怕改變的員工，才是公司的大敵。

像這樣，閱讀與寫作時要養成隨時意識到「問題」的習慣，就從現在開始吧。

原則二　議題以「疑問句」的方式表現

議題是連貫整篇文章的問題意識，請養成書寫明確疑問句的習慣。

在構想文章架構或者要提筆寫作時，不要把議題寫得很模糊，像「關於人際關係這件事」這種寫法，而是要用疑問句的方式來寫。

舉例來說，如「要怎麼樣做，才能夠擁有更好的人際關係」、「職場上的人際關係的問題點是什麼」、「在職場中，主管與部下的關係該是什麼模樣」等。

只要改成疑問句，就可將文章的方向一舉縮小到某個範疇。「為什麼」、「要怎麼做」、「該有些什麼」，這些原因、方法與理想藍圖等，如果不像這樣改變看待主題的角度，或者不以自己的觀點來切入的話，是無法將議題轉換成問句的。

因此，先將議題用疑問句來表達，是很方便的做法。

當你苦惱於文章的開頭該如何下筆時，先把議題寫出來即可。像是：「主管與部下的關係該是什麼模樣？我想表達我的想法。」

當你苦惱於文章的結尾該如何結束時，只要對議題提出「回答」，以此歸納總結就可以了。像是以下這樣：「我認為主管與部下的關係，應該要是一種開放平等的關係。」

而當文章稍微偏離主題時，可以用一開頭以議題所寫成的疑問句去對照原本所寫的文章看看，就能夠發現到底是哪邊偏離正軌了。

把議題以「疑問句」方式呈現，做到這點就能獲得相當大的成效，趕緊試試看吧！

Lesson 4 收集、聚焦與決定的方法

那麼，我們接下來要進入決定議題的方法。換句話說，就是決定「要寫些什麼」的方法。我將會用以下三個階段來做說明，仔細找出可能成為議題的部分，從多個可能成為議題的選項中歸納並縮小範圍，最後再來決定議題。

步驟一　收集各種可能的議題

E先生是一位調職到札幌、而家鄉在東京的某公司員工。他有一位現居東京的妹妹，是一位家庭主婦。某天，妹妹有個煩惱要跟E先生商量。

大哥，我們家附近的櫻花公園發生大事了。某企業要把公園拆掉，準備興建有百元商店等各種店鋪的大型購物中心。那棵百年樹齡的櫻花樹及其他二十顆樹也將面臨全數砍伐的命運。以後孩子們就失去一個玩耍的地方了。無論如何，我們都必須守護孩子與自然環境。我被大家選為「守護櫻花公園與孩子的媽媽自救會」的會長。雖然曾與企業方談判，但他們目中無人的態度，讓談判結果就像平行線般，完全沒有交集。請問大哥有沒有什麼好方法呢？

E先生是這麼想的：「我妹妹體內的正義感似乎正熊熊地燃燒著，與其直接告訴她建議，我比較希望能夠幫她從有問題的地方看到建議，這麼做必須要從好幾個角度去著手。」因此，E先生按照以下順序，思考了回覆內容的「議題」。

找尋可能議題的三大方向

在日常生活或工作場合上，我們經常需要提筆寫作，但幾乎沒有一篇作品，能讓我們完全放手寫下自己喜歡的事情。因為在大部分的情況下，寫作通常會有條件限制。

這種條件限制是什麼呢，第一點，是讀者所追求的事物為何。第二點，是寫作主題為何。從E先生的例子中，我們可以看到「環境保護」與「談判」為其主題，跳脫主題太遠的事情就不需要寫出來。第三點，是關於這個主題，自己本身能夠寫些什麼內容，因為每個人都只有有限的經驗和知識。而「讀者」、「主題」、「自身」這三點，正是能幫助我們找到各種可能議題的方向。首先，讓我們從調查清楚這三點開始做起。

（一）查清讀者

不會偏離靶心的議題，建立在「正確且深刻理解到自己所追求的事物為何」之上。像那些在開會時沒有認真聽取他人發言的人，因為無法正確且深刻理解他人的發言，自然也就無法提出好的意見。所以首先，請先給自己一些時間，閱讀、聽取並理解他人的主張。

如果採取寫信或電子郵件的方式，那麼就要先好好閱讀對方提供的文章內容。如果可以把郵件內容列印出來閱讀也是不錯的方式。在回信之前，請至少先讀過兩遍。第一遍先不要看太多細節的部分，把整篇文章一口氣看完，掌握住「對方真正想要說的事情是什麼」。如果對瑣碎的枝微末節太過計較，將看不見整體局勢，因此，請先一口氣讀過一遍。

第二遍時請仔細踏實地閱讀，可在下面提到的部分劃線來加強理解：

- 對方提出的主張中，最強調的部分是什麼（意見）
- 對方的意見根據是什麼（論據）
- 對方所注重的問題點（議題）
- 對方一再重複的字句是什麼（關鍵字）

在對方的文章中，出現在「但是」這類否定連接詞後方的字句，必須要多加留意，因為此處經常會出現對方強烈的主張或意見。而在「也就是說」的後方，通常是經過整理歸納後的內容，也請務必多加留心。

此外，對方希望我們這邊做到哪些事情呢？是建議嗎？是安慰嗎？是道歉嗎？請務必掌握自己文章所應該發揮的作用。

這個階段的重點，在於要捨棄想找出議題或表達自己想法的那份心情，也就是說，**先將自己放空，把注意力集中在理解對方這件事上面**。如果事先自己內心已經存在某些想法或意圖，硬是要把這些與對方的文章扯在一起的話，那麼就無法寫出能打動對方的內容了。

把自己放空後再來閱讀對方的文章，有時會讓人湧現許多不一樣的想法，而這正是議題萌芽的開端。一篇文章中，會吸引人目光停留的地方，往往也是吸引你心思駐足之處。當你閱讀文章時，所產生的共鳴、驚訝、不協調、排斥等感覺時，試著將它們做個記號並且用筆記記錄下來。閱讀時，如果有聯想到其他並不直接相關的事情也無妨，把它們記錄在一旁也很好。因為之後從這些點再來細細思考時，議題將能從這樣的落差中顯現出來。

這些從對方文章中所畫的重點線、標註與筆記等，全都會是未來確立議題的材料。

（二）查清主題

什麼是主題呢？比如說要寫一篇最近看的一部電影的心得，主題就會是「電影」，若要寫一篇關於孩子們未來的出路，主題就會是「教育」。仔細思考我們日常生活中所會遇到的許多問題，每一項都存在著自己的主題。

從E先生的例子中，我們可以將「環境保護」視為其主題。而為了要擴大看事情的視野，不應只把眼光侷限在對方與自己，我們應該對主題有更高的敏銳度，藉由多看、多聽、多觀察的方式，從中獲得啟發，進而確立一個好的議題。

舉例來說，像這個例子的話，我們可以從網路上搜尋一些有關環境保護的新聞報導，這是個不錯的方法。在這個過程中的重點是，不要一字不漏地把查到的報導直接複製下來。單純只提供這種現學現賣、臨陣磨槍所查到的知識的方法，是無法打動人心的。

收集與主題有關的資訊，主要是為了藉由外界資訊的刺激，來挖掘出自己有興趣的問題究竟在哪一個部分。這時，你可以就你所讀過的新聞報導或網路資訊中，所感受到的共鳴、排斥、發現等感受，以及自身抱持的疑問，都寫下來看看。議題萌芽的開端，就在自己所寫下的筆記中，而不是網路所找到的報導裡。

（三）查清自己內心

透過查清讀者與主題這個過程，應該已經很明顯能夠了解到自己心中的問題意識的方向，不過，此時請再多做一步看看，確實查明自己內心的問題意識吧。

在E先生的例子中，他對於相關環境保護與談判的議題，試著去查看了過往自身的兩個經驗。一個是E先生回想起以前在與勞工工會的訴訟中，其處事風格有著只顧自己、不顧他人的傾向，他本人也已反省。另一個是他回想起過去每當公司要舉辦活動時，當地居民憤怒的抗議聲浪讓活動受阻等。此外，他在思考環境與自身的關係時，他所想到如駕駛汽車、工廠排放工業廢棄物等，他認為這盡是些對環境有害的事情。於是他心裡便浮現了一個疑問：「有不會危害自然環境的人類嗎？」因此他也把這件事情先寫下來。

接下來，把從讀者、主題、自身這三項中所看到並寫下的各種大小筆記收集起來，在旁人眼中或許是潦草凌亂的筆記，但這些正是發現議題的寶庫。

步驟二　聚焦議題

仔細觀察這些到處所寫下的各種筆記，便可以將它們分成好幾組。E先生的例子也是，大致上可以區分為三大類，分別是與環境保護有關的筆記、與談判有關的筆記、及與妹妹自己本身有關的筆記。再來，從每一個不同的類別中，先設定幾個大範圍的提問。

●環境與人類是如何和平共處的？

●讓企業能夠聆聽己方意見的談判方法是什麼？

●妹妹站在一個什麼樣的立場呢？

上述這些提問，代表了各大類別，也是此次問題的核心部分。對於這些大提問，可以參考筆記，然後再提出其他更細節的問題，如此就可以寫出好幾個疑問句，而這些疑問句也將成為議題的候選名單。

●目前造成地球環境最為惡化的原因為何？

●我們自己是否有做到各地的環境自然保護？

●自己在公司進行談判失敗的原因為何？

●當自己接收到居民反對聲浪時，最不喜歡哪一個部分？

●該企業為何選擇現在要興建大型購物中心？

●對於該企業，要以什麼樣的立場與之談判？

●妹妹的立足點是什麼？是環境破壞的被害者或是加害者？

●若是大型購物中心完工，與妹妹有著什麼樣的關聯性？

●妹妹能守護櫻花公園直到最後一刻嗎？誰能來保護？

步驟三　決定議題

所謂決定議題，即是從最後列舉的疑問句中挑選一個出來。為了要從好幾個候選名單當中縮小範圍來決定，可以試著從以下幾點來思考，也是不錯的方法。

一、是否有與自己切身相關的動機？
二、能否合乎讀者的要求？
三、是否可以用自己的力量來實踐完成？
四、以社會角度來看，是否有討論價值？

當你決定要寫什麼樣的內容時，最關鍵的重點是自己的動機。自己沒有興趣、或是沒有提筆動機的議題，盡量不要去選擇它比較好，這是理所當然的事。而另外，若只是單純滑稽逗趣，但卻無法明確表達動機的議題，也不要選擇比較好。因為寫作是一件意外辛苦的工作，膚淺的動機是無法勝任的。如果你選擇了與自己切身相關的問題作為議題，那麼即使再辛苦，你也仍然必須動筆寫下去，這麼一來，便有很高的機率能夠成就一篇好文章。

接著，確認是否有偏離讀者的要求，讀者是否也對你所提出的問題感興趣。

再來，這個議題是否可以用自己的力量來完成實踐。不論再怎麼吸引人的議題，只要沒有所需的背景知識，就沒有書寫的必要。寫作時間也有其限制，花費數日寫出的文章，跟只有一個小時能寫的文章，肯定會有不一樣的議題。不過有些時候，挑戰一些困難的議題，也是必要的過程。

最後，你要從現今社會那些圍繞在你周遭的人們的關係中，來判斷此議題是否有討論價值、以及這個議題是否能夠帶來好的效果，判斷之後選擇一個作為最後的決定。

溫室效應所產生的氣體，是影響現今環境惡化的最大罪魁禍首，而這卻是我們人類自身大量消費與丟棄的日常生活中所造成的，E先生對於這一點感到十分痛心。促使環境惡化的當事人不是別人，正是我們自己，而由於溫室效應氣體所造成之地球溫暖化，並且使環境造成損害的這件事，恐怕要比櫻花公園被破壞的影響，還要來得更加深遠劇烈。

此外，E先生的家族包含妹妹在內，當他們在東京擁有自己的家的同時，也破壞了這片大自然的土地。為什麼你們可以允許自己這樣的任性，卻不准企業也進行類似的工程呢？如果無法說明這一點，相信企業是無法接受的。E先生本身也曾任職於某私人企業，處理過當地居民的反彈聲浪，明白這是與民眾非常切身相關的問題。那麼，這對環境的好與壞之間是不是就形成了一種衝突？同樣身為對環境的加害者，又該如何互相妥協？E先生想要把這樣的問題點分享給他的妹妹。因此，E先生選擇了「對於該企業，要以什麼樣的立場與之談判」的這個議題，開始動筆寫作。

思考四　關聯性——
找到自己的立場

Lesson 1 因應不同的對象用不同方式寫作

舉例來說，假設你因公出差，要跟一位擁有優秀工作能力的人會面。他考量的點總是很周延、為人謙虛、待人處事也相當親和爽朗。你對他感到非常敬佩，總是很想要把這麼優秀的人物介紹給大家。

於是乎，你便寫下有關這個人的事蹟，並發了郵件告知同事、主管、後輩共三人。文章幾乎是一樣的內容。你只是單純想要跟其他人分享，有如此優秀的一號人物。然而，三人卻給了這樣的回信，這是為什麼呢？

〈來自同事的回信〉

哇，那個人好像很不錯呢。連我也覺得被激勵到了，既然廠商的人的都如此積極協助我們，我們也必須要卯足全力動起來呢！好！這個企劃案，一定能夠馬到成功。出差加油啊。

〈來自主管的回信〉

這次的出差辛苦了。我們公司通常是以對外招標的方式，來決定合作廠商。雖然遇到優秀的人才是件難得的事情，但是不論對方再怎麼優秀，也絕對不能夠摻雜個人情緒來決定合作廠商。請務必控制自己的情緒再來行動。

〈來自後輩的回信〉

真的很抱歉，我以前也被前輩說過我的應對方式總是很差勁對吧。今天也是不出所料，在溝通研修課程中被其他前輩提醒了。我總是想要保持爽朗的待人處事方式，就跟前輩今天要見面的這位廠商一樣，但是每次都很難改變，連我自己也覺得很慚愧。

欸……怎麼回事？「我只是想分享給大家」的這份心情，為什麼會變調了呢？

關係不同，解讀也不同

當人們在接收到資訊時，會不自覺地聯想這個資訊與自己的關係或意義、或是否具有什麼利害得失。

從剛才的出差報告的例子中，我們可以看到他的同事、主管、後輩，分別用各自的想法接收了這個訊息。

同事：他接收到鼓勵的訊息。廠商的人都這麼傾全力協助我們，我們當然要全力以赴、更加努力，他從信中感受到的是來自同事的聲援。

主管：目前公司正值要遴選新一期工程的招標廠商的繁忙時期，因此，有許多業務人員會積極推銷自家工廠，表達「請由我們公司承攬貴公司業務吧」的意願。此時主管正受夠了這種煩人的狀況，就接到了你的來信。主管絕對是認為你在幫那家廠商美言，要讓對方承攬本公司業務。因此才會說出「絕對不能夠摻雜個人情緒來決定合作廠商。這是一場關乎成本的競爭」這樣的回覆，叮嚀你要注意。

後輩：他覺得自己又被前輩指責，因此心情很沮喪。這位後輩曾經被你說過「你的應對方面有點陰沉喔」。後輩原本就已經很在意這件事，再加上今天研修課程又被其他前輩提醒，此時很巧合地收到你大力讚揚應對爽朗的外部廠商的信。他感受到的氛圍可以說是諷刺、也可以說是無形的壓力，「明明世界上有人可以這麼爽朗開放，你是怎麼回事呢？」

同樣的作者所寫的同一封信，會隨著閱讀對象的不同，而產生各種充滿心理投射、完全預料之外的效果。這封信給同事帶來了正面的影響，卻讓主管在內心扣減了對你的印象分數；而對於後輩，則是重重地給了他一擊，讓他心情非常沮喪。

作者，也就是寫信的人，在一開始完全沒有這種企圖或打算，所以有可能不覺得是自己的錯。但是以結果來看，的的確確是傷害到人了。讓我們回到原點，說起來「到底為什麼要寫這封信呢？」如果作者說「只是單純想要分享而已」，未免太過於空虛不實際。

所謂寫作，是一種由你自己對外闡述某事的行為。

這樣的表達機會總是可遇不可求，事先想好「此次寫作能夠帶給他人什麼樣的意義」會比較好。姑且不談那些有意義但卻不得已傷害到人的例子，我想任何人應該都不希望因為自己事先思考不周，結果傷害到其他人，你說是嗎？還有像政客們的爭議性發言也是，通常那都是在迷失了彼此談話焦點時所產生的，有時更有甚者，還會演變成國際間的大問題。

話雖如此，如果因此就害怕寫作的話，那就太可惜了。這是因為，你所寫出來的內容，有些也是會往好的方向發展的。所以，請多學習培養從客觀角度來看自己文章的眼光，看看自己所寫出來的內容，可以在各種人際關係場合中發揮什麼樣的功用。

此外，如果要考慮彼此的關聯性的話，首先，你要更深入理解有關對方的事情，接著，你要知道從對方眼中看到的你自己的立場。這麼一來，你就能夠發現對方與自己存在著什麼樣的關係了。

透過提問，校準寫作方向

即便是相同的文章，對不同的對象，如同事、主管、後輩而言，會產生不一樣的結果，為了讓三者產生相同結果（比如說類似「共鳴」），就必須要使用不同的寫作方式以因應不同的對象。為了要更加了解對方，得先從好的提問開始著手。請確認你現在開始要寫的內容，是否有達到以下要求：

- 對方是否了解？
- 對方是否對內容感興趣？
- 對方讀了之後有什麼意義或好處？
- 對方為人怎麼樣？
- 對方目前處於什麼樣的狀況？

●讀了之後對方會產生什麼樣的心情？

為了能夠精準掌握對方的回答，你可以運用你的想像力、發揮調查精神，當然也可以直接詢問對方，這些都是不錯的方法。

Lesson 2 從對方的角度來看事情

戀愛心情、願望和欲望、幻想、利害關係、無知等，當有這些情緒出現的時候，總是會變得容易看不清楚自己與對方之間的關係，因而產生分歧。

對方與我的心的距離

當我還是新手編輯之時，就曾經遇過這種分歧的狀況。我對提供原稿件的作者們，很是積極地想與他們拉近彼此內心的距離、迅速增加信任感，但是，作者們對我似乎並沒有太親近的表現。這中間的差距是怎麼一回事呢？經過幾番思量之後，我了解到一件事。

由於我拜讀了許多對方的原稿或作品，因此很熟悉該作家的內在心理層面，信任他是理所當然之事。不過，站在作家立場來看，他們的工作並不是要看我所寫的文章。所以，總結來說，理所當然無法知道我是什麼樣性格的人了。

因此，即便雙方有機會見了面，但對彼此內心層面的理解，仍然是完全大相徑庭的。有一個生活上的例子與這種情況非常相似，那就是明星與影迷歌迷之間的這種傾慕與被傾慕的關係了。

思慕他人的這一方，會調查其思慕對象的一切事物，從喜好、成長過程、行為模式等，都會仔細地調查（或是想像），因此他會感覺雙方的內心距離一下子就拉近不少。

然而，被思慕的那一方，並沒有特別去收集思慕自己的人的資料，也因為沒有了解的必要，想當然爾，彼此的內心距離是非常遙遠的。

若是讓這兩個人見面聊個天，會是什麼樣的情形呢？

從站在思慕者這一方的角度來看，會產生「當我滿懷熟悉的心情靠近他時，卻出乎意料地發現他是一位冷漠的人」、「當我鼓起勇氣告白後，卻被他冷淡拒絕了，這人好過分」等心情，不過，若是從對方角度來看的話，就會發現這樣的反應合情合理。

對方內心應該是這麼想的吧，「一個完全不熟的人，突然間湊過來要親近我，真是太可怕了」。

我想你應該多少能夠理解到了，這種時候越是努力表現出自己的愛意，「好喜歡、好喜歡你。你知道嗎？為什麼你都不理解我的心意呢！」反而越無法得到想要的結果。

假如你想要寫一篇有效果的文章，在判斷與對方的關係這一點上，你必須要從對方的角度來看。不是單單考慮自己這方的「計畫」，而是要以對方眼中跟你的距離，以及彼此間的關係為基準來做判斷。

為了達成目的，就像先前所提到的，首先要提出好的問題，並且時不時去確認對方真實的想法。試著把自己的希望或意見捨棄，盡可能站在客觀立場來聆聽對方所說的話。

或者，可以請教對自己與對方都很熟悉的第三者，從另一個人口中聽取客觀意見，也是一個相當有效的方法。

然後，要從對方的角度來建構一套邏輯。與其對著對方說一百遍「好喜歡你」，硬是要對方接受你的心意，不如改變一下，用另外的方式，在對方需要幫忙的時候伸出援手，跟他說「那個……如果你不嫌棄的話，這個可以給你用」，反而會獲得意外的效果。

保持與對方適當的人際距離與彬彬有禮的態度，用時間與努力讓對方能夠了解自己，也可以更加了解對方。如果能夠從對方的角度來看事情，並且有建構一套溝通時應注意的順序的話，相信最後一定可以締結真實穩定的良好關係。

Lesson 3

理解其他人的感覺

「為什麼年輕人總是能馬上說出『我覺得有趣的東西就很有趣，但沒興趣的東西就很糟糕』這種感想呢？自己覺得討厭的東西，或許別人會覺得很有趣也不一定。改變一下看事物的角度，說不定就會很有趣，這是我的看法。斬釘截鐵地說自己沒興趣的東西就很糟糕的那些人，或許這是他們的『優點』，但我倒覺得這樣的思考模式是種缺點就是了。」

這是我朋友曾經說過的話，我也非常認同。

我想有兩種思考方式，一個是進入成人世界後的我們，必須要思慮周詳、面面俱到，也因此感覺開始變得遲鈍的思考方式，而年輕人則保有忠於自己感覺的思考方式。不過，我最近也開始用另一種角度來思考。那就是：深思熟慮、不立即於當下做出判斷的人，他們之所以這麼做，或許正是他們從過往生活經驗中所獲得的智慧也說不定。

「自己覺得有趣的東西就很有趣。」

這句話若是由累積多年經驗的成年人來說的話，會給人感覺非常帥氣的感覺。不過，為什麼看到沒有經驗的人說出「喜歡的東西就喜歡，討厭的東西就不行」這樣的話時，會讓人感覺脆弱不堪一擊呢？

我認為，在這樣的發言中，欠缺了以下的關聯性：

- 我個人是怎麼想的？
- 社會是怎麼想的？
- 我與社會之間有著什麼樣的連結？

在這個社會上，該如何定位自己？

我認為，關於是否有學習到在社會上如何與人相處的社會性，這一點，可以從上述的關聯性中來確認。

過去曾經有老師就地球環境問題的這個議題，比較過高中生與大學生所寫的文章。剛才提到的三個關聯性，就是當時分析文章的老師所提出的。以下舉幾個高中生寫的意見：

A同學的意見：為了防止地球環境問題惡化，要怎麼做比較好呢？我不再購買會成為垃圾汙染源的超商便當，開始帶自己做的便當了。

B同學的意見：迄今為止，對地球環境破壞最多的正是現代人。現代人應該要改變一下這利己的想法。

這兩個看似兩極化的意見，其實，在對於關聯性的認知上，是很相似的。

超商便當的意見，很有高中生的風格，也很讓人感到欣慰。我們應當尊重每個人的想法，但這樣子的想法，是否能為整個社會帶來改變呢？

另一方面，B同學站在第三者的角度，對現代人做出了批判，不過，這時候的自己，又是立足在哪一個點上，提出這樣的觀點呢？自己也是現代人中的其中一員，不是嗎？看起來他還並沒有掌握到，自己與社會之間，到底存在著什麼樣的關係。

再看到大學生的文章，開始能夠整合這種關聯性。舉例來說，請某一位大學生就同樣的議題來寫一篇文章。

藉由參與農村生活體驗活動，我對現代社會大量消費、大量丟棄的生活型態有所改觀。現代人已經習慣「用過就丟」的觀念，而這正是造成環境破壞的主因。我希望未來能將農業經驗納入環境教育，透過這樣的方式，孕育一種「生產、循環，生生不息」的嶄新思考模式。

從上面的內容，我們可以看到，在大學生的文章中有著明確的定位，比如現在的社會是什麼樣的情形、自己抱著什麼樣的態度、自己與社會有著什麼樣的關係等。

在本節一開頭提到的友人以及我自己本身，我們從事以服務大眾為主的工作已有相當長一段時間。有時候，在自己的意願、客戶的意願以及公司的意願之間，會彼此產生衝突。我認為，正因為有經歷過這種工作現場的糾葛心情，才能夠鍛鍊出「自己覺得好的事物，未必能獲得社會認同。透過理解其他人與自己相異的這種感覺，發現過往自己認為差勁事物的優點，也察覺到自己的偏頗之心。在這個擁有各式各樣不同感覺的人類社會中，要如何定位自己的感覺，又要如何活用」的這種眼光，這種掌握身處於不同關係中的自己的眼光。

若是能從各關聯性當中看見自己的立場的話，那麼所寫出來的文章，肯定會對自我的人際關係帶來極大助益，這是不會錯的。

在第一節所提過的轉彎法則中，若你想要對比自己的立場的話，那就必須要學習從外界的角度來看。為了要寫出一篇好文章，在自尊崩潰或感到傷痛之前，必須要好好仔細地去看、去體會。好好地看看那些與自己完全沒有關係，但仍努力面對生活、腳步始終不停歇的陌生人們，好好地看看這個社會。

所謂發現自己的立場，也就是指發現身處浩瀚世界中的微小的自己，並且研究該如何生存下去。

思考五　論據——

說服力的來源

「到底該怎麼做，才能夠說服他人呢？」我相信你也曾經遇過這種令人苦惱的狀況。說服力，是建立在「論據」的基礎上。在本節中，將要告訴你掌握重點的方法，「該從何處著手、以及如何準備足以說服他人的依據」以及「又該依照什麼樣的順序表達給對方呢？」

Lesson 1　準備論據——入門篇

「或許你的想法是如此，但我卻不這麼想。你是你，我是我。」當雙方出現這種意見分歧的情況時，該怎麼把這道牆打破比較好呢？此時，我們需要的便是「論據」，它是對方與你之間共通的基本認知。說服力即是自論據而生。

首先，就從基本好懂的例子，來思考看看該如何準備論據吧。

理由到底是什麼？

假設有一位中學生想要央求他的母親，購買一臺電腦給他。

此處的「準備論據」，是指告訴母親一個理由，一個母親能夠贊成購買的理由。而這樣的理由，又要從哪裡找起呢？於是，我們便請少年將他為什麼希望母親購買電腦的理由列舉出來，做為他說服之路的第一步。

步驟一　舉出自己的理由

- 因為大家都有電腦。
- 想要打電動遊戲。
- 想要收發電子郵件。
- 想要上網。
- 好像可以完成許多事情。

如果連自己都不清楚自己想要購買的理由，那麼便無法達到說服他人的效果，因此，將自己的理由一一列舉出來並做確認，這個過程是有意義的。然而，他舉出的這些理由充其量只不過是自己的方便之詞，無法構成說服他人的依據。

因此，便請少年接著思考，對母親來說，似乎可行且方便的理由。

步驟二　從對方的立場試想

- 母親也可以收發電子郵件跟上網。
- 電腦可以運用在讀書上，所以我的成績也會進步。
- 可以與家人一起享受使用電腦的各種便利性。

像這樣子發揮想像力，把對對方的好處列舉出來，這是說服他人時一個重要且必要的步驟。不過，即便如此，這些仍然無法構成論據。因此，我們請少年詢問母親，為什麼不同意購買電腦的理由。原來其中包含了令人意外的原因。

步驟三　掌握對方可能提出的反對理由

一、**經濟因素**：由於經濟不景氣，父親的獎金縮水三成，家中還有房屋貸款，就經濟面來看，家裡目前正處於非常艱困的狀態。

二、**視力會變差**：母親本身為高度近視者。相當懊悔自己的青春時代總是必須時時配戴眼鏡，因此下定決心絕對不要讓自己的兒子也經歷一樣的痛苦。而母親最近讀到某本書寫到，電腦很有可能會造成視力下滑的情形，所以似乎非常擔憂兒子的狀況。

「聆聽對方的理由」，這看似理所當然的事情，但我們卻總是意外忽略了它，不是嗎？為了要說服對方，確實掌握「對方可能會提出的反對理由」，有其必要性。最好的方法不是單純把問題丟給對方，只問「你為什麼反對」，而是要深入追問對方反對的原因，這才是重點。此時的關鍵在以下三點：

- 請對方列舉所有可能的原因。
- 請對方從這些原因中，排出優先順序，從其中決定哪些是最優先考慮的事情。
- 除了上述原因之外，請先確保日後不要出現其他的理由。

我想每個人在突然被問到某些問題時，無法立即做出判斷或回答。對方也是一樣。因此，請對方仔細地一項一項找出來，決定哪一項是對方最為優先考慮的事情。這種方式，乍看之下或許會覺得相當耗費時間與精力，不過，這道手續卻是在替未來的準備作業鋪路，這將讓之後準備論據的工作變得相當輕鬆愉快。

步驟四　準備與反對理由相應的論據

在瞭解了母親的反對理由之後，應該可以決定準備論據的大方向了。

首先，是要減輕家裡經濟上的負擔。就這點來說，可以試著收集各種能便宜購買電腦的方法，比如詢問店家優惠價格、詢問朋友、尋找二手商品等。接著把這些收集到的資訊，比如可以買到便宜電腦的方法及經濟實惠的價格等，當成購買電腦的論據，提供給母親參考。透過自己去實際去查看、去詢問、去走訪調查的這一點非常重要。如果抱持著「聽說可以便宜買到，請母親去查一下」這種態度的話，對於想要說服對方的心是毫無助益的。

而另一點，關於母親擔心的近視問題，可以向母親說明下列事項，以做為說服的依據，比如遵守眼科醫師所叮嚀的電腦正確使用方法、定期接受視力檢查，或提供也有其他使用電腦的人仍維持良好視力的事例等。這邊的重點也是必須要自己去做調查。如果只是聽說來的例子，無法讓人信服，更無法成為論據。為什麼這麼說呢？這是因為當對方反駁「我也聽過其他不同的事例」的時候，局勢就只會演變成雙方自說自話，無法達成最終共識。此外，在這個階段，也有些人會發現自己有著過於自以為是的思考模式，亦即就算他人無法認同自己的主張，自己卻很能接受自己的意見。

以上，是介紹該如何準備論據的入門篇部分，重點歸納如下：

一、首先，先列舉出自己這方的理由。

二、試著舉出可以給對方帶來的好處有哪些。

三、正確掌握對方的反對理由。

四、聚焦在對方的反對理由上，親自走訪調查那些具有說服力的事例。
五、提出能讓對方理解並合乎情理的論據。

Lesson 2

拓展視野——進階篇

如果你要說服的對象，是特定某一位人士的話，那你就比較容易掌握對方的反對理由。不過，當說服對象是不特定的多數人時，像是把意見刊登在網頁上、或者投書媒體等方式，對方就很有可能不知作何感想。這是因為，你若公開寫下自己意見的文章，便表示你把全世界的人都當成你表達意見的對象了。

為什麼抗議的聲音無法傳達？

當地方或社會發生爭議事件時，有人會使用文字來表達抗議的情緒。舉例來說，有時可以看到在街頭發放抗議傳單、投書廣電媒體、運用網路及電子郵件發送自身主張的文章、發動連署活動等。在現在這個自由的時代，任何人都可以主動發起類似的活動。

在這類的文章中，有些文章會觸動人心因而改變事情的局勢。但是，也有些文章無法獲得好的成果，抗議的聲浪沒有留下些什麼，就這樣憑空消失了。

這兩者之間，有著什麼樣的差別呢？

抗議的聲音無法傳達給對方，一定存在許多原因，問題未必只是單純出在文章身上而已，首先，可以試著來檢查一下是否存在以下問題：

一、目標設定是不是不太明確？或者是所寫的文章、要抗議的事件本身並沒有成為主要目標來處理？最後是否有具體描繪出希望達成什麼樣的局勢？

二、方法的選擇上是不是有困難？為了想要達成預期的結果所運用之投稿、連署等方式，是否是最適合當下情況的最佳辦法？再者，採取這樣的方法，是否確實有把自己的想法，用你所想要的方式確實傳達給你所想傳達的人呢？

正因為這是一個難得的向社會發聲的機會，若是陶醉於當下的英雄主義的話，就喪失其意義了。必須要朝著你所期待獲得的成果，繼續認真面對下去才是。此外，也要確認自己所發出的訊息是否有達到功效，若是無法帶來好成果的話，就要回過頭來反省，看是方法上出了問題、還是執行力道不夠等，必須要花時間、精力去加以改進。

強迫他人接受「正當論點」毫無意義

抗議文章的內容，一般認為是由以下的邏輯所構成：

● 無論發生什麼事，都必須要守護大自然的環境。因此，我堅決反對各式工程議案。

● 我堅決反對戰爭。因此，靠武力來解決問題的方式，我勢必反對到底。

不論是「環境保護」或「反對戰爭」，從任何人眼光來看，都會認為是正確的主張。然而，這樣的邏輯卻無法打動人心，為什麼呢？環境保護這個「論點」是極為正當的主張，但是把這個論點當成論據的「意見」又是否正確，則是完全不同的問題。

用以下這個極端的例子來看，應該就很容易明白。

● 無論發生什麼事，都必須要守護大自然。因此，人類應該要從這個地球上消失。

一旦以「正當論點」當作「論據」的話，思考模式將會受限，很容易落入停止思考的困境，也容易喪失想要去謹慎考慮這個問題的心情。

大部分的問題點在於，即使人們都知道要做正確的事情，但卻束手無策地讓問題就這麼發生。顯見問題應該是在更早之前，也就是「為什麼人類知道要保護地球環境是很重要的事，卻還是不得已要破壞環境呢」、「為什麼大部分的人們不喜歡暴力，但是人類間的紛爭卻無法消弭呢」，從這種時候就開始了。

因此，即便一直在這種極有道理的言論上打轉，也顯得毫無意義。

當你要傳達自己的想法給社會時，請嚴格檢視自己的文章，是否只是單純批判然後就結束了？是否只是不斷呼喊口號然後就結束了？

最關鍵的首要之務，是要提出具體的「解決方案」。因為大家不清楚該如何解決，造成在走了許多冤枉路之後，問題卻依舊存在的情形。

然而，這一點的確不容易。因為這意味著，他們將為一個不可能解決的問題提供答案，那是一個即使召集了諸位專家也束手無策的問題。那麼，不妨嘗試提出與解決之道相關的「問題」，把可能形成的盲點寫入文章中，也就是寫下「有效提問」的文章。

不論是要提出解決方案、或是提出與解決之道相關的問題，「論據」都是必要的條件。在這邊，可以試著思考一下：假設有一個贊成與反對意見分明的問題，而當你要對外界表達意見時，該如何準備「論據」。

比方說像是「『腦死』就意味著人死了嗎？」這種問題，當你要表示你的想法時，那會是YES還是NO呢？

找出實際感受與在意的點

A：我不認為心臟還在跳動且身體溫熱的情況算是死亡，因此我覺得，腦死並不代表那個人死了。

首先來看這個例子，是試著把自身的想法與實際感受說出來的事例。如果貿然從普羅大眾的角度去思考的話，會很容易流於表面上的討論，因此，若是能從自己的實際感受與在意的點切入，會是不錯的方法。不過，你是否也看過類似以下的邏輯出現在留言欄呢？

B：我不認為腦死等於人的死亡，法律應該禁止從腦死的人身上進行器官移植。

這個意見，很明顯無法適用於每個人。它的邏輯是這樣的，「我自己持反對意見↓因此也希望整個社會都停止那個作為」。如果是與B相同想法的人倒還好，但是若與B持不同想法的人，又會作何反應？

事實上，有些人會認同腦死即死亡，也有些人不太確定要選哪一邊。而正因為存在諸多想法不同的人，這個社會才能成立。一個社會，不是試圖讓人們都跟隨自己的感受，也不是讓自己去順從自己所反對的意見，即便是多數決，也不該是屈從權威所做的決定。

要如何來思考關於腦死這個議題，才能夠為這具有多元觀點的社會，帶來一些助益，又或者會產生哪些問題，我們都可以對此提出自己的想法。

用更多面向看問題

那麼，要怎麼做呢？這一次，請先將自己的想法放在一旁，看看外面的世界。並請注意，要改變看事情的角度，從各種不同的面向來看待問題。以下舉幾個例子。

（一）列舉自己的經驗與見識

試著列舉自己曾經歷過的生死相關的經驗、知識或周遭的人的體驗。

（二）調查必要的基礎知識

當需要對外界發表言論時，至少要先好好調查過後再發表，用類似一般的百科全書去做查詢也沒有關係。在這個例子中，就可以調查所謂「腦死」是怎麼樣的狀態、目前的法律對於腦死有什麼樣的說明等。

（三）多看具體的事例

關於「腦死」這個議題，可以先掌握數個社會上所發生的事件，因為這樣方便我們具體地來思考問題。像是以關鍵字搜尋新聞報導、或搜尋相關網頁等，也是相當便利的方法。類似這種有多少人視「腦死」為死亡等相關比例的資料，在對於問題釐清時會很有幫助。

（四）從別的立場來看

了解與自己持相反立場的人們的意見與論據為何，像B的例子就是要去認識把腦死視為死亡的人的想法。接著再進一步調查是否還有其他的立場（比如有條件地認定腦死等）存在，並且試著從該立場來思考看看。

（五）與國外狀況做比較

了解本國以外的國家對於「腦死」或器官移植等議題，有著什麼樣的看法。不是說單純與國外狀況做比較，然後直接表達意見，而是要從與本國具差異性的外國文化以及思考模式去了解該國的狀況，如此便能夠更加客觀地來看待問題。

（六）掌握歷史（背景）

當想要發表意見的時候，了解歷史背景這件事至為重要。雖然說是歷史，但若是只有片面的歷史知識，是無法派上用場的。重點是要了解整個歷史事件的脈絡，例如「腦死」這種嶄新的死亡認定方式，是從什麼時候開始變成一個問題的呢、是經歷過什麼樣的來龍去脈而成為現在的狀況呢？我們的目標，是要能夠用自己的話語把這樣的流程表達出來。無論是要解決國際紛爭、或是各地區問題，都必須要先了解其歷史背景才是。

（七）了解專家的觀點

在每個不同的範疇內，都有著充滿知識與經驗的專業人士，可以參考看看各領域專家的文獻，諸如非常熟悉現場作業的人、具有專業知識的科學家、哲學家、記者等。可能的話，盡力去了解抱持贊成與反對的雙方意見。雖然不至於被專家的見解牽著鼻子走，但這將會成為察覺自己論點過於天真的一個契機。

以上七點，不論在對應哪一種議題上，都是拓展視野時值得參考的好方法。經過了以上程序後，我們再回頭來看看B的意見，當此刻有一位必須要靠移植才能活命的病患，而另一方則積極想要捐贈器官，可以想見B的意見是難以被接受的。因此，這樣的意見應該馬上就會遭他人駁倒。此外，「腦死」會成為社會議題的原因，是由於有移植器官的必要，但日本在最早期的心臟移植手術有過一些問題[6]，因此，日後在器官移植的醫療發展上，相較於國外腳步遲緩了許多。而目前所遇到的則是供不應求，亦即需要新鮮器官的患者數量，

6 編註：即一九六八年的日本首例心臟移植手術「和田心臟移植事件」。受移植者於術後八十三日死於急性呼吸衰竭，輿論譁然。主刀醫師和田壽郎一度被控殺人（後不起訴），日本的器官移植發展也因此停滯近三十年。

遠遠超過了提供者的數量，因此，可以了解到這個差距將帶來問題。

藉由以上從不同面向來看問題的過程，就能夠打造與讀者共同的談判空間。若是在一開始，把個人實際感受直接當成論據來處理的話，也只會造成「我是我，你是你」的決裂結果。然而，透過去了解自己與讀者所生存的這個社會的具體事實和歷史背景，便能夠塑造一個客觀的談判環境。

回歸自身觀點

在拓展了視野、看見了問題的全貌之後，此時，要提出什麼樣意見的這個問題，又再次回歸到自己本身。即便將相同的事實擺在眼前，但成長環境與世界觀不同的話，人們的意見也會有所不同。在這個世界上，每個人都是獨一無二的，沒有另一個與自己一模一樣的人存在。因此，你的思考與想法，都有其價值。

論據該如何排列組合？

最後，要以意見與論據為主，來寫下能夠表達自己主張的文章。而合宜的「論據」，就存在於以這七個觀點來拓展視野的過程中。在討論過程會提到許多根據，從這些根據之中，挑選最為優先的數個出來。

論據可按照下列順序來排列：

- 優先順序由低到高
- 根據由具體到抽象
- 時間的排列（問題的背景→現在→未來）
- 由微觀推向宏觀（個人的實際感受→社會問題→社會結構）
- 贊成與反對（提出正反雙方意見→兩者的共同點及差異性→從中看到的問題點）

把收集到的論據，像這樣子有邏輯地排列出來吧！

思考六　中心思想——

忠於內心最根本的想法

Lesson 1 最敷衍不了的，是自己的心

多年前，我在某一次與朋友的對話中，講著講著就陷入了僵局，於是，我試著探尋自己當下發言的動機。然後，我看到了那個討人厭的自己。我想要向對方炫耀「我很厲害」這件事，也就是「驕傲自大」的那一面。

我們兩個的話題不斷延伸出去，從昨天看的電影、和朋友一起去的餐廳，聊到最近的工作情形。但是不論說些什麼內容、不論用哪種方式說，都變成一種在自吹自擂的感覺。如此一來，雙方的談話無法熱絡起來，也是在所難免的事了。

從那次之後，我一抓到機會便開始探尋，「引導我現在進行這場對話的中心思想為

何」、「引導我現在進行這份工作的中心思想為何」。

意見，就好比是海上可見的冰山，但在水平面下，有著比它還要大上許多倍的個人生活方式與價值觀。那就是「中心思想」。

即使是短篇文章，中心思想也不會有任何模糊的空間。待人總是溫柔、發自內心替他人著想的人所寫的文章，即便是輕描淡寫的書寫方式，也能傳達這份溫暖到他人心中。另一方面，生活方式總是消極的人，無論他寫些什麼、用什麼方式寫，也只會給人消極的印象。只要不改變「中心思想」，就算改變了話題，也無法改變給讀者的印象。

舉自己的例子有點不太好意思，不過，當我在寫作文章時，我始終留意，絕對不讓自己帶著「……如何如何的話要怎麼辦才好呢」這種心情去書寫。舉例來說，被他人討厭了的話要怎麼做才能修補彼此的關係、留心不要破壞自己在主管間的印象而說些客套話等，這些事情都是我不願意做的。而這些，正是因為把「畏懼」當成動機而顯現出來的行為。以自我主義為中心所散發出來的表現，無法打動人心。當你的內心被這樣的心情盤據時，請暫緩手邊的書寫工作，稍微靜靜等待著中心思想的改變。如果能夠由衷地自內心湧現出對人們、對社會那種溫暖、積極的心情，再重拾筆墨書寫吧。

寫作的根本，也就是你自己的內心，到底抱持著什麼樣的想法。雖然想法是一種很難捉摸的東西，但卻意外地可以透過摘要的方式來窺知一二。

Lesson 2

透過摘要，理解中心思想

母親的「一句摘要」

每一位母親，幾乎都稱得上是摘要達人。舉一段母親和兒子的對話為例，某天晚上，兒子與女友大吵一架後回到家。吵架的原因，好像是因為女友要出國留學的事情。

兒子：「我並沒有想要束縛她，她是自由的，可以做想做的事情。所以，我一點也不反對她要出國留學的事情。只不過，我對於她的動機打了一個很大的問號。感覺只是搭上了輕鬆出國留學的順風車，說到底，用這種不上不下的心情去留學，只是在逃避吧……」

母親：「你一定會很寂寞吧。」

非常漂亮的一個摘要。進行寫作指導時，對於摘要這一塊，我們通常會用從文脈中擷取出議題、論據、意見，以期讓整個脈絡清楚明瞭的方式來做指導，但若是遇到摘要的字數過於簡短或異常稀少的情況，這個方法可能就不太適合。

上述這位母親的摘要，用的是另一種不同的方法。在兒子的發言中，對「寂寞」隻字未提。那麼，這是什麼意思呢？這正是母親從內心深處感受到的，對兒子這番談話的心情，換句話說，這就是母親的「中心思想」。母親的著眼點，不是在於表面上所展現出來的話語，而是在於一心一意為兒子著想的心情。此外，由於朝夕相處，讓母親非常了解兒子的想法，因此對母親來說，要擷取中心思想，也就是用一句話做摘要，是非常得心應手的。

如果能夠將著眼點放在中心思想的話，無論是多麼長篇幅的文章，都能夠說得相當簡短。這是為什麼呢？因為再怎麼長篇幅的文章，全部的內容都是根據作者中心思想所寫出來的內容，如此而已。中心思想，也可以說是文章寫作的來源。如果能夠確實掌握製作來源，以結果來看，將會是一個極有效率的好方法。用這個方法，甚至連內容長達十頁的長篇情書，也能夠摘要成「喜歡」兩個字。

若想要盡量縮短長篇文章來做摘要的話，那麼就勢必要從中心思想著手。因此，摘要文章，是一種能夠了解自己與他人中心思想的方式。倘若你想要了解自己的中心思想，可以嘗試將你所寫的內容儘可能地以簡短扼要的方式呈現出來。

了解重要事情的順序

透過摘要的方式，除了能夠了解中心思想，也能夠了解另一件事情。

當我在企業服務時，我的主管每當看到我提交內容非常豐富的企劃書時，總是會對我提出不合理的要求：「山田啊，可以把這些用一句話來說明嗎？」尤其是我負責的「論說文寫作」，比起英文或數學，要說明論說文寫作是什麼樣的內容，相對困難多了。

每次有人問到「論說文到底是什麼」、「會給孩子什麼成效」時，我總是會說明地很詳盡而冗長。「培養學生面對各種主題之不同切入點及思考點，並鍛鍊具邏輯性的文章表現力，讓讀者更容易了解。此外，也可以把自己的見解……如何如何……這樣那樣……」過去我認為，要把這些具深度的思考與書寫方式，用一句話來表達，根本不可能。

不過，這種冗長囉唆的說明，到頭來，不論是我的同事或我的高中學生們，對他們來說，只留下一種很難懂又很難寫的負面印象。不僅如此，甚至連指導者本身也產生了困惑，變得有些不知所措。無論是要請他人幫忙、或是要進行文章編輯，每一次的說明都變得相當沉重，無法給對方帶來「啊！原來如此」這樣豁然開朗的感覺。

其實，一個簡單扼要的說明，本來就應該如此，只留下重要的事情，其餘的全部丟棄。若是無法簡單扼要地說明，就代表甚至是連你自己都不清楚事情的輕重順序。這麼一來，當然無法寫出能夠達到效果的文章。當時我所寫出來的文章，就像是超載龐大資料量導致反應遲緩的電腦似的，以一種難懂的面貌直接呈現給世人。

就在某一天，不知為何，我腦中突然浮現出「為什麼」這幾個字。接著，又出現「『為什麼』正是論說文寫作的起點」。當下我恍然大悟！所謂論說文，就是「為什麼」的文章，思考「為什麼」、寫出「為什麼」。換句話說，論說文就是寫出意見與原因的文章！

此後，當主管再度問我「可以用一句話來說明嗎」，我就用這三個字來回答！

藉由掌握到「為什麼」這核心的關鍵字，讓以往顯得散亂的論說文世界，也變得整齊有序了起來。在那之後，新商品的企劃案彷如水庫洩洪般，源源不絕地湧現出來，同時又能夠確實傳達想法給他人。透過極度簡短的說明，捨去不需要的語句，就能夠看清楚重要事物的優先順序。換句話說，這表示能夠看見自己與周遭事物的關聯性。

「請用一句話來表示，你現在正在做的事以及你未來打算去做的事。」當你卡關的時候，試著與周遭的人用一句話摘要的方式去轉換看看。或許你將能夠看見，自己的中心思想與其關聯性慢慢地浮現出來。

誠實面對自己的生活

文章寫作最重要的事情，是誠實面對自己的內心深處的心情與生活方式。或許有些人覺得「才沒這回事，像找工作這種事情，就算稍微耍點小聰明、說個小謊也無妨，必須抓住那難得的好機會」。那麼，我們來看另一種例子。假設某人為了要進入教育相關機構，而在履歷上寫道「我很喜歡小孩，並且從以前開始就很關心孩子的教育問題……」。但實際上，他卻不是個擅長照顧小孩的人，連教育相關議題也是前一晚才拿起書臨時抱佛腳的人。

那麼，他的未來會變成什麼樣的狀況呢？

首先，由於他無法自信肯定地說出自己的想法，因此會打亂文章整體的邏輯性。接著，假如出現其他跟自己一樣，也想進入這家公司的競爭對手，而他們是真正發自內心喜歡小孩、並且擁有豐富的教育相關經驗的人們，自己絕對敵不過他們所描述的親身經驗。最後，別忘了讀者是一群對教育充滿豐富知識與經驗的教育專家。面對這樣的讀者，這套臨陣磨槍的知識與自我偽裝的話語，是否具有任何的說服力呢？

請別小看了文章寫作，寫下一篇誠實面對自己生活方式的文章，才是實際上最有效的策略。請試著以自己的生活方式為立足點，尋找看看應該寫下哪些事情。以此例來看，即使不擅長照顧小孩，但每個人都經歷過孩童時期。回顧自己家庭的養育呵護與在學校受教育的過程，應該可以發現和教育有關的問題。如果能夠好好發揮這一塊，將會是一篇很棒的教育理論，同時也呼應了自己的中心思想，進而寫出一篇真正能表達自我的文章。

從自己的生活方式中尋找自己認同的話語，只有當你寫出真實不虛偽的文章時，才能夠打動讀者的心。

第三章

有效、動人的寫作法

——實踐篇

在第三章中，要來介紹「生活與職場」六種最常見的溝通需求，當實際在書寫文章時，該用什麼樣的方式來思考？有哪些容易成功的技巧？只要能了解其中祕訣加以應用，就能使溝通發揮最大效益，順利達成目標。

實踐一 說服主管——

向上爭取自身權益

在第三章中，要來具體地介紹實際上寫作文章時，該用什麼樣的方式來書寫。

在本節裡，首先要學會說服人的實戰技巧。說服力與「論據」息息相關。用你閱讀過的資料為基礎，希望你能夠將如何準備論據、如何排列優先順序等事項一併考慮進來。進而搭配說服的技巧，並了解寫作順序與句子結構的基本知識。

接下來我要問你一個問題，當你對於主管的決定持反對的意見時，你會怎麼做呢？在企業組織中，經常會遇到不如己意的人事安排或待遇，甚至也會遇到不當解雇的情形。這種時候請不要忍氣吞聲，好好學習如何將自身想法確實傳達出去的談判技巧，才是上策。

〈給主管的一封信——不好的例子〉

致和久井部長：

部長才剛轉調部門不久，馬上就給您寫信真是非常抱歉，請您諒解。不過，有關於下週要發布人事命令一事，由於事先獲得了一些訊息，讓人相當震驚。

大家都流傳說，部長該不會是按照自己的喜好，來決定職務分配的吧。說起來，為什麼會選擇本倉先生作為新商品開發企劃團隊的領導人呢？對於開發新商品，商品知識是萬萬不可或缺的要件。但本倉先生是從今年春天，才跟部長一起轉調到此部門來，絕對不符合成為團隊領導人的條件。而且，從前與本倉先生同一個服務部門的年輕職員也提到，說本倉先生是一位對上司忠實、對下屬傲慢的人，這點也同樣欠缺了身為領導人應有的資質。

近兩年來，開發二課的所有同仁致力於新商品開發的基礎研究事宜，並且不斷追求精益求精，所有人都對於這項人事命令感到憤怒。

總而言之，請您清楚明白地告訴我們，選擇本倉先生做為團隊領導人的原因。像我們公司這樣的上市公司，存在著這種黑箱作業是好事嗎？同時我們也會視情況，向常務理事報告此事，看能否將問題釐清。

開發二課　域堂理子

團隊從事基礎研究近兩年，不斷精益求精，終於來到可以嘗試開發新商品的階段，卻

空降了一個完全不具備商品知識的人，甚至還將成為團隊領導人。理子小姐會這麼生氣，也不是沒有道理的。

然而，希望她在提交這份發洩怒氣時所寫的文章之前，能夠確認下列三個要點，就算只能確認一個也沒關係，請務必在提交前再次確認。

確認一　對方讀了之後的想法是什麼？

在每一次提交文章之前，希望你能夠稍微思考一下，對方在讀了文章後，對於作者（也就是你）會產生什麼樣的想法。

由於部長才剛轉調到這個部門，還不了解理子小姐的為人，而這封信將決定部長對理子小姐的第一印象。當部長讀過這封信後，會對理子小姐產生什麼樣的印象呢？

假設你是部長，看到的是自己的人格被否定（以個人喜好決定人事布局）、判斷被否定（本倉絕對不符合成為團隊領導人的條件）、被用更高的職權要脅（向常務理事報告）。

當你被一位初次見面的人，不斷地否定自己的行為時，是否仍然會想要信賴對方，或是聆聽對方說話呢？

不論是誰，都希望獲得他人認可自我存在的價值。人們會信任給予自己高度評價的人，相反地，對於否定自己的人，是完全不抱任何信任感的。

就這點來看，理子小姐甚至連在起跑點上都沒有站穩腳。當她為對方埋下一種情緒性且反抗的負面印象之後，只會讓自己未來的發言權變得更加薄弱而已。

確認二　最想表達的事是什麼？

試著從自己所寫的文章中，擷取出「意見」看看。「和久井部長的人事案，是錯誤的決策」。這一點，是否確實是理子小姐真正內心想要說的事情呢？

確認三　議題是否準確適當？

此篇的議題是「和久井部長的人事決策是正確的嗎？」如此一來，將會圍繞在部長是正確的、或部長是錯誤的答案上打轉。這是一個視界狹小且無趣的「問題」。話說回來，真正的問題到底是什麼？

由以上三點，可以了解從部長角度來看，理子小姐的立場相當薄弱、想說的事情無法順利傳達、缺乏認識問題的能力。這樣子的理子小姐，是不可能說服主管的。

因此，建議理子小姐可以參考下列步驟來書寫文章。

步驟一　想像結果

你是為了什麼目的而書寫？請試著想像一下其結果。

理子小姐所隸屬的開發二課，經過所有同仁努力而能開發出相當優異的新產品，這就是他們最令人驕傲的成果。因此，他們必須要有一位能夠勝任且適合這項新商品開發的領導人來帶領整個團隊。

就像教練在指導運動員時，會帶他們先做心象訓練，讓運動員們先在心裡想像一下，未來希望成為什麼樣的理想運動員。

那麼，理子小姐是否有描繪對未來的具體樣貌呢？回頭看一下文章，原本的文章只有提出「本倉先生不適合」這一點很單純的否定想法。我們都知道，要否定某事很簡單，但是要提出嶄新的想法卻非常耗費精力；而把這個耗費精力的工作交給對方去做，只是徒增對方的負擔。因此，若是一方只有提出否定意見的方法，並無法改變任何的現狀。

那麼要怎麼辦才好呢？這是有方法的，也就是必須將否定改成提案的方法。由於寫文章的人自己承擔了這項耗費精力的工作，也就是提出新想法，因此他自己能夠期待可能獲得的效果、也能夠將自己的理想具象化。

盡力去想像各種可能的結果，便能夠看見阻礙在眼前的問題點，此處正是突破難關的關鍵所在。

步驟二　決定議題

所謂議題，就是貫串全文的「提問」。為了激盪出好意見，必須修正文章的議題。

現在的議題　和久井部長的人事決策是正確的嗎？

⇩

修正過後的議題　為了讓開發企劃案能順利成功，由誰來做領導人比較適合？

這是一個看似能引導出具有建設性意見的提問。好，就決定採用這個議題。

步驟三　明確地找出意見

把最想要說的事情明確地找出來吧！換句話說，以議題為根基來提問，並且提出自己的回答。而在做最終的決定之前，先列舉數個細節性的問題，並且不斷重複自問自答的步驟，直到明確掌握自己的想法為止。如以下例子所述：

- 如要推薦候選人，團隊中有誰適合呢？
- 領導者必須具備的條件為何？
- 每位候選人各自的優點與缺點為何？

理子小姐在經過一番考量後，得到如下的結論：開發二課的田中晴夫先生是最適合的人選。田中先生在團隊當中，不論是商品知識或工作經驗，皆無人能出其右。他不但熟悉這兩年來團隊的整體開發過程，同時也備受後輩們的尊敬。

明確找到意見後，接著就是要提出強而有力的原因（論據）了。

步驟四　準備論據

「為什麼田中晴夫先生是最適合的人選呢？」理子小姐首先試著整理了選擇田中晴夫先生的原因，如下所述：

一位團隊領導者所需具備的條件為何？

↓商品知識與工作經驗。

⇩

為什麼會覺得商品知識與工作經驗是必要條件呢？

↓從過往的成功經驗與失敗經驗中，可以得證這樣的結果。

⇩

最具備專業知識與經驗的人是誰？

↓田中晴夫先生。

理子小姐把論據整理如上。專業知識是商品開發的必備要件之一，可以從一年前的測試資料中去得證結果。而且，過去也曾經以其他部門提供協助的工作人員們為對象，進行了問卷調查，從調查結果中了解到，缺乏相關商品開發知識的人，可能會給團隊帶來一些麻煩或困難的狀況。

要把所有的狀況一五一十全數寫入文章中，是不可能的事。因此，可以用附件的方式，把數據和相關資料一起附上去。

如此一來，一份具有說服力的資料便完成了。

步驟五　規劃綱要

在這個章節，將要呈現給各位最正統的文章架構。在文章的開頭，要寫出議題（關於我接下來要寫些什麼樣的內容），接著說明合情合理的論據，最後提出自己的意見，也就是採取「議題↓論據↓意見」這樣的寫作架構。

議題　由誰來做開發企劃案的領導者比較適合？

讓我在此向主管提案報告。

⇦

論據 團隊領導者所需具備的條件為何？

↓商品知識與工作經驗。

⇦

為什麼會覺得商品知識與工作經驗是必要條件呢？

↓從過往的成功經驗，了解到專業知識是從事商品開發的必要條件。

（附上資料）

↓從問卷調查的結果，了解到當負責人缺乏商品知識時，會產生什麼麻煩或困難。

（附上資料）

⇦

最具備知識與經驗的人是誰？

↓田中晴夫先生。他擁具有豐富專業知識、以及能迅速做出決策的決斷力，我們可以期待團隊未來開發出各種高品質的新商品。

⇦

意見 因此，我認為田中先生是非常適合成為團隊領導者的人選。

依循以上五大步驟，便能完成整篇文章的架構。按照這個流程書寫，就能明確表達想說的事情，並合情合理地說明原因，一篇充滿說服力的文章就此誕生。

在一開始給部長的信中，只令人留下對部長的批判與反抗等負面印象。但是，修改過後的文章則以建設性的提案，讓人大幅地改變了原先的印象。而在論據的部分，理子小姐對於工作的那份真摯心情，與豐富的經驗和知識，在在都替理子小姐的論述加了不少分數。另外，也給予對方空間，明白表現出「那麼您覺得怎麼樣呢」的心情，而不是只停留在否定的批判。這階段就完成了！

讀者能夠接受嗎？

好的，接下來要進入下一個階段。在提出一篇具有說服力的文章之前，必須要經過一道確認的手續，而此處最關鍵的重點，就是「這篇文章的內容，讀者能否接受」。

因此，讓我們一起來確認看看文章的綱要。咦？奇怪，這篇文章好像遺漏了某些重要的部分，我不認為靠這樣的內容就可以說服部長。

請回想在第二章第五節中，所提到「論據」的部分，關於是否購買電腦的母子攻防戰，看到這裡，如果你有恍然大悟的感覺，那就太棒了。

倘若不知道對方的「原因」，是無法說服對方的。

請記住這個鐵則。如果說服他人只是自顧自地提出對自己有利的理由，那很容易演變成自己一人在演獨角戲的感覺。然而，這樣子的方式，絲毫不具說服力。

舉例來說，若贊成死刑制度的人們，只是一味地收集贊成者的贊成理由當作他們的論據，肯定無法打動反對者的心。

理子小姐也是如此。雖然她準備了大量的數據與資料想佐證自己的論點，但這些全部是從「專業知識是商品開發的必備要件」這一角度出發所準備的資料。

理由的「數量多寡」與「從多元角度看事情」，這兩件事是不一樣的。為了要能夠從多元角度來看事情，至少必須要做到以下兩點：

一、試著自己反駁自己所提出的論點看看。

二、掌握與自己意見相左的對方的「論據」。

接著，我們就實際來執行這兩點。

升級重點一　反駁自己的論述

反駁的重點在於自己的「意見」及「原因」。如果因為自己的反駁輕鬆駁倒原本的論述，那表示這種論述從一開始就只有這樣的程度而已。試著全力反駁自己的論述看看吧。

理子小姐的意見　開發企劃案的領導者，只有擁有優越專業知識的田中先生能夠勝任。

⇦ 然而……

反駁　開發企劃案的領導者所需具備的條件，難道只有專業知識嗎？是否有其他更需要擁有的先備能力或條件？

理子小姐的原因　過往的成敗經驗，都可證明專業知識是從事商品開發的必要條件。

⇦ 然而……

反駁　若將公司過去與現在的狀況兩相比較，有什麼不同之處？開發高品質商品是公司唯一的目標嗎？難道製造暢銷商品不是公司的目標嗎？

用這樣的方式反駁自己的論點，將能冷靜看清自身立場，爭論點也將一一浮現。此例中有可能成為爭論點的地方，應該是「擔任新商品開發的領導者需具備哪些能力」。

若部長沒有「專業知識是必要條件」這層認知，而想要讓本倉先生成為領導者的話，那麼理子小姐的信勢必會掀起一陣波瀾。但是，若部長對專業知識瞭如指掌，比起專業知識而言，部長更加重視其他能力的話，又會變成什麼樣子呢？

結果將會變成理子小姐的信無法完全說服部長，因為理子小姐一面倒地堅持關鍵點在於「專業知識」上，顯得毫無談判的餘地（缺乏彈性）。

升級重點二　掌握對方的「論據」

接下來這部分，如果可以，盡量直接去詢問當事人的意見，這是最好的方法。也就是說，為了要能夠說服對方，必須先去採訪、了解對方。

理子小姐詢問到的部長的「論據」如下：「本倉先生在前一個部門有著相當優異的實績，他讓銷量低迷的產品創下了單一年度以倍數成長的銷售額。他的強項在於對營運上的數字瞭如指掌，透過問卷調查等方式，修正商品方向使商品能達到市場需求，因此讓產品銷量如鯉魚躍龍門般地一路成長上去。而就目前狀況看來，我認為本公司所需要的正是一位能夠在短時間內，將利潤與效率達到最大化的領導者。在新商品開發這一塊，我希望能夠以利潤和效率為優先考量事項來執行。」

部長強力推薦本倉先生，其原因就在於「比起專業知識，我更看重對數字錙銖必較的人」。接著來整理一下理子小姐與部長雙方意見的不同之處。

理子小姐這方　專業知識是商品開發的必備要件，為了要開發出各種高品質的新商品，必須由具備高度專業知識的領導者來帶領團隊。

部長這方　對於新商品的開發，我重視利潤和效率。我想讓擁有確實提升利潤和效率實績的人來當領導者帶領整個團隊。

好的，意見如此分歧的兩方，該怎麼處理比較好呢？不論理子小姐再怎麼堅持己見、認為「必須具備專業知識」，但只要部長說出「雖然你的想法如此，但我卻不這麼覺得」的話，這場對話就立刻宣告終止了。因為你是你，我是我，雙方始終走在兩條平行線上。

- 只要自己的意見能傳達出去就可以了嗎？
- 只要聽從部長的意見就可以了嗎？
- 只要依循多數決的邏輯就可以了嗎？

人們總會認為，遵從主管指示這件事，是企業組織的基本規定，但這並非唯一的選擇。每家公司，都是由具有各種想法的人所結合而成。無論是對自己、對部長，或是對公司、對客戶而言，都必須要透過自身角度，去發現那個自己覺得「更好」的答案。

請讓自己破殼而出，拓展視野吧！

升級重點三　拓展視野

「帶領團隊開發新商品的領導者，所需具備的條件為何？」

請堅定地帶著這個「問題」，把舊有觀念放一邊，透過多看、多聽、多問等方式，展開一場拓展視野的旅程。

- 往前回溯時間軸
- 放寬眼界看現在的社會
- 嘗試參考各式書籍

試著用以上的方式，在有限時間內自主改變看事情的角度，會有很不一樣的效果。

（一）往前回溯時間軸

問題大約是從何時開始的呢？現在發生的問題，過去是否也曾發生過一樣的事情呢？所謂「往前回溯時間軸」，是指從過去的背景與歷史這個角度來審視。

理子小姐回顧了公司的歷史，從她進入公司服務以來，讓具有豐富專業知識的人來擔任商品開發團隊的領導者，對她來說是一種常識。不過，約莫在三年前左右，公司的規模突然急劇擴增。而從那時開始，公司對於領導者的人選標準，似乎就變成偏向重視合理性與能夠帶來多大的利潤效益了。

（二）放寬眼界看現在的社會

試著去調查看看，現在社會上所發生的事情、和其他地區的具體事例等，是否與目前遇到的問題有所關聯。

調查的方式有很多種，比如在公司內或公司外收集資料、進行採訪、從新聞報導的關鍵字搜尋、運用網際網路調查等等。

其他的公司，是怎樣決定領導者的人選呢？理子小姐對一間因開發獨創商品而受客戶喜愛並大獲成功的A公司的人事安排，感到非常有興趣。後來透過朋友的牽線，順利地直接採訪到A公司的員工，以詢問相關問題。

〈其他公司的情況為何？——A公司員工的談話〉

A公司創始人也是出身工程技術領域，一直以來，開發團隊的領導者都是帶有強烈的工程技術色彩的人。但是近年來，由重視利潤效率的人才來擔任領導者的事例，有日益增加的趨勢。我認為合理化及效率化，將為未來整個社會帶來一股擋不住的潮流。

不過，近幾年急劇發展合理化及效率化的A公司，如今也進入了另一個需要重新檢討的階段。以A公司的狀況來看，可以了解到：業務內容的合理化及效率化，對於短期的業績「改善」相當有幫助。比如拿今年與去年相比，從這種短期的比較，能夠明顯看到成效，但是，這樣的成效卻無法長期持續到永久。

為了要成功達成長期目標的願景，必須要「創造」出嶄新的商品。然而，如果只偏重合理化及效率化的話，很難與「創造」完美結合。

那麼，如果想要「創造」出嶄新的商品，開發團隊的領導者所需具備的條件是什麼呢？這一點，目前連A公司自己也都還未有具體的想法。因此，現在是透過組成研究小組的方式，就如何成為一個具有創造力的組織及該具備怎麼樣的人事制度等議題，來進行各式各樣的嘗試和探討。

有了A公司這樣的比較對象，而且藉由比自己公司更為先進的事例，理子小姐更能夠掌握和自己目前問題相對的另一面是什麼樣子。換言之，她更能夠看到與問題相對的另一面，同時也了解到許多事實，比如自己目前遭遇到的這個難題，絕對不會與整體社會趨勢毫無關聯。也了解到這個問題即便是相對先進的A公司，也仍需絞盡腦汁且尚未解決。另外，A公司即將進入檢討合理化及效率化階段，而自家公司則是從現在開始才正要加速推動進步化的階段，兩相對比之下，理子小姐清楚看見了雙方公司的定位和立場。

（三）嘗試參考各式書籍

閱讀書籍時，不一定要用填鴨式的方式去吸收，但是可以透過閱讀參考各式文獻，提升自己看問題時的廣度與深度，學會更加系統性地去看問題。當看到與你的主題有相關的書籍時，不妨拿起來看一看，這也是一種不錯的拓展視野的方法。

當理子小姐到書店去的時候，書店陳列著許多有關公司組織理論與企業共同體的書籍。因為沒有太多時間，所以她便拿了一本看起來不錯的書翻閱一番。在那本書中，理子小姐看到了要成為一位具有創造力的領導者的要件，就在於「要表現出高志向、並且擁有鼓舞團隊成員的力量」。

（四）整理問題

以所收集到的情報為基準，諸如問題的背景、先進公司的事例、學術上的見解等，試著整理一下問題的全貌。建立一個從客觀角度看問題的立場，也就建立了一個與對方能夠共同對等談話的空間。

（五）再次回歸自身觀點

那麼，接下來又該提出什麼樣的意見呢？即使把相同的事實擺在不同人的眼前，每個人的想法仍然因人而異。每個人的成長環境、生活體驗、思考模式、世界觀等各有不同，世界上沒有一個人會與自己的思考模式完全如出一轍。正因為如此，每個人自己的想法與表達出來的意見，才有它獨特的價值。

理子小姐也是，她可以有以下選擇，看是因為了解到公司強烈重視利潤與效率的風氣無法改變，因而選擇放棄自己的論點；或者正因為公司充滿重視利潤與效率的氛圍，所以更必須向公司呼籲專業知識及「創造」的必要性。

提出結論的方式可以很多元，並不是說只有特定某種方式才是正確。這邊的思考點很有趣。

於是，理子小姐決定依照原先的想法，向公司呼籲專業知識的必要性，以及提出由田中先生來擔任領導者這樣的訴求。只不過，由於此時的她已拓展了許多不同視野，將自己這時的論據與一開始的想法相比，產生了極大幅度的轉變。請看下一個段落。

升級重點四　做好再次反駁的準備

為了建構更具說服力的邏輯結構，就要經過以下步驟：首先提出自己的各項論據，然後再針對該點預想對方會反駁的內容，接著把預想反駁的內容再次反駁回去。

以理子小姐的例子來看，當她在寫下「領導者必須具備專業知識」的同時，就應該理所當然預想到對方的反駁：「並不是喔，其實利潤效率更為重要。」這時就要事先把預想的部分寫下來，以利再次提出反駁。實際的流程如下所示：

議題　由誰擔任開發企劃案的領導者較為適當？

以下是我的提案建議。

⇦

論據　團隊領導者所需具備的條件為何？

↓商品知識與工作經驗。

⇦

為什麼會覺得商品知識與工作經驗是必要條件呢？

↓從過往成功與失敗的經驗中而得知。

⇦

預想對方的反駁　有人說比起專業知識，一位領導者若重視產品利潤及效率會更好。

⇦

將之反駁　商品開發若只重視產品利潤及效率卻缺乏專業知識的話，短期內會有所「改善」，但這樣的成效卻無法長期持續。為了增加長期利潤，勢必要有完全嶄新的「創造力」，因此專業知識是不可或缺的重要因素。

⇦

論據　為什麼能夠這麼說呢？

↓從先進公司事例及本公司過去和現在的利潤結構比較資料得知。（附上資料）

⇦最具備專業知識與經驗的人是誰？

↓田中晴夫先生。

⇦**意見**　因此，我認為田中先生是非常適合成為團隊領導者的人選。

理子小姐聚焦在「開發＝創造」與「改善」的差別上，改善只是提升短期利潤，而創造則是能產出未來更多的利潤，這是她的著眼點，也是她說服對方的關鍵所在。

有了大方向之後，接下來便要充實文章內容。在這裡，我再介紹另外一個可以增加說服力、且令人意想不到的方法給各位。

升級重點五　提高自己的可信度

在說服他人之前，首要之務必須要讓自己獲得他人的信賴，這點一定要做到。因為在你要說些什麼事情之前，必須要先讓對方產生「我可以信任這個人所說的話，而且對我有幫助」這種想法，這件事相當重要。

如同先前所提到的，人們通常會信任理解自己的人、給予自己反饋的人，對於這樣的人所說的話，會很坦率聆聽並欣然接受。如果理子小姐與部長之間能夠建立起良好的信賴關係，彼此之間的意見交換才會變得順暢，就是這樣子的一個概念。

不過，由於部長才剛轉換部門，別說是信賴關係了，甚至連彼此是誰都還不太清楚。這種時候，應該要事先調查對方在前一個部門的工作執掌，以及對方在工作中所重視的是哪些部分。如果對方過去的工作成果有寫成報告書的話，也可以當成參考資料，試著去研讀對方過去在工作上所彙整的資料。

若是你對於對方過去的工作內容與其工作態度有所共鳴，可以把它寫在文章的開頭，這會是個不錯的下筆方式。藉由精準地認同對方所重視的事情，可以讓初次見面的兩個人之間產生信任感。當然，如果找不到任何一件有共鳴的事情，也沒有必要去說謊，只要不主動去提起相關議題就可以了。

當對方聽到「你的工作內容，深深引起我的共鳴」、「我很尊敬你的工作態度」這些話時，相信多少會緩解對方的緊張，並且開始聆聽你的談話。

這同時也是有助維持良好人際關係的方法，先學起來，將來對自己一定有好處。

實踐二　請託文——

如何「好好拜託」

人類，是無法單靠自己一個人就能生存下去的生物。不論工作也好、生活也罷，人們總是會有大大小小的請求，需要他人來協助或幫忙。

我在私人企業從事編輯工作時，我的工作是請外包夥伴提供原稿與採訪資料，亦即委託人這一方。在我自己獨立創業後，則變成受託人這一方，比如請我寫文章或是演講等。

無論是委託他人幫忙或是接受他人委託，就我本身有過兩方的經驗來看，如果請託文的內容或寫法不太妥當的話，將會嚴重傷害對方的心，對於這件事我有深深的體悟。

現在是網路發達的社會，如果因為自己的文章寫作能力給自己帶來障礙的話，那將無法與世界接軌，非常可惜。

我希望各位的請託文，至少要能寫出不會失禮的內容，無論結果是順利獲得同意或者被拒絕，至少最後都能夠留下好印象給對方。

假設現在要寫一篇請託文給素未謀面的人，我們用以下的例子來思考一下。這是我寫過的請託文之一，不過不是範本，只是類似草稿罷了，請各位先大略瀏覽一遍即可。

蓮井健次郎先生，敬啟者：

不好意思突然有一事相求，如有失禮冒犯之處尚祈見諒。

我是A公司的編輯山田紫霓。

由我負責編輯的《A誌》，是一份月刊類型的教育雜誌，係以全國約二萬五千名高中生為對象，指導學生們透過自主思考，以期讓他們所寫的文章內容更加豐富有趣的一本學習雜誌。自創刊以來，這二十多年間我們探討了環境、文化、科學等各式各樣的議題，與全國的高中學生們一起來思考該如何寫作。

在這次的六月號中，有一項名為「現實與虛擬」的特別專欄。一般人認為在資訊化社會中的現實感很薄弱，然而「所謂現實，究竟是指什麼呢」？我想從這一個角度來出發，與高中學生們共同思考看看。

因此，在這邊我想誠摯地邀請老師，以「對生長在資訊化社會中的我們，現實究竟是什麼呢？」為主題，與高中生來談一談您的想法。

老師的作品在高中學生中擁有極高的支持度。我拜讀了您的最新作品《THEO》，內容描述一個靈活運用電腦的非現實世界的故事，我個人覺得故事內容就好像發生在自己周圍的事情似的，令人感覺非常地真實。

關於主題的具體做法，我希望能與老師進行大約一小時的採訪，同時這邊會邊記錄邊整理。相關注意事項已列出如附件資料，還請老師參考。

之後會由我這邊致電老師，詢問老師的意願。若有什麼不清楚的地方，還請不用客氣，一併提出來，我會全力解答。請老師考慮看看，請多多指教，謝謝。

敬祝　安康

A公司《A誌》編輯部　山田紫霓敬上

即使工作內容和目的不相同，在請託文的寫作方式上也有數個共通之處。以下我們一起來具體思考看看。

步驟一　決定請託文的要素

首先，我們要來思考哪些要素能夠充實這篇請託文。在這邊，文章最基本的「意見」與「論據」非常重要，基本架構，如下：

意見　想要請對方幫忙什麼事情？

⇧

論據　為什麼要拜託對方？

把想要說的話清楚地表達出來，並且有條不紊地說明原因。這麼做，大致上可以說請託文的架構已然成形，但仍稍嫌有不足之處。

請想像一下你的預期目標，你的最終目的便是「獲得對方認可，且對方欣然同意接受請託」。為了要達成這個目的，除了意見和論據以外，也必須要有能夠幫助做決策的資訊、以及可以激發執行動機的資訊。

因此，當你自己遇到他人來請求協助的時候，你最在意哪些部分呢？請試著直覺式地將其列舉出來看看。

- 要請我幫忙什麼事情？
- 為什麼會是我？
- 那件事情是我想要做的事情嗎？
- 委託人是什麼樣的人？
- 完成期限、謝禮等條件如何？

● 這是我能力所及的事情嗎？

● 會給誰帶來什麼樣的幫助？

這些都是每一個人會在意的部分，可以試著站在對方的角度來看，以好懂的方式排列出來。舉例說明如下：

〈請託文的架構〉

問候

↓

自我介紹（我自己是何許人也？）

↓

志向（我的目標是什麼？）

↓

委託內容（想要請對方幫忙什麼事情？）

↓

委託理由（為什麼請你幫忙？）

↓

條件（完成期限、謝禮等條件為何？）＊注意事項詳如附件

⇦

與對方確認答覆的方法、結語等

其中，像條件等較為具體的事項，可以用「注意事項」的方式整理於附件內，也是很不錯的方法。注意事項的內容大致如下：

- 何時？
- 具體要做的事情？
- 要做多少？
- 用什麼方法？
- 預計目標是什麼？
- 有謝禮嗎？

簡潔扼要地寫下對方做決定時所需要的資訊。如果能再附上範本的話，那將會更好理解。「信件＋附件注意事項」，請分成兩張紙書寫。為什麼要分開寫呢？這是因為兩者預期的目標不一樣，所以要分開寫。「信件」的預期目標，是要激發對方想要做這件事的動機。因此，委託人必須帶著誠摯的心情來書寫。而另一方面，「注意事項」的預期目標，是要讓

對方了解應該要做些什麼事情。因此，是站在客觀的角度去書寫。

那麼，到底要怎麼寫，才能寫出一篇能激發對方想要做這件事的動機的文章呢？

步驟二　用自我介紹取得信賴

接下來的必要環節，便是自我介紹，也可以說是工作介紹。

面對一個從未見過面的人，該怎麼把自己的工作內容說明得簡單易懂、讓對方能從中獲得共鳴或感同身受，這個說明方式是最一開始的重點。你平常都會怎麼自我介紹呢？

舉下面這個相當常見的例子來看，你覺得怎麼樣呢？

我是A公司企劃部開發二課的山田太郎。

「企劃部？那是做什麼的部門？開發是開發什麼？二課又是什麼？」光是只有這些資訊，是無法讓對方完全了解你的。僅僅只是說出自己的部門與職稱，稱不上是一個完整的自我介紹。再來看看以下這個例子，你覺得怎麼樣呢？

我目前服務於A公司，主要負責銀髮族新商品開發之業務，我的名字是山田太郎。

對公司內部來說，「銀髮族新商品」或許是所有員工都知道的業務，不過對於非公司的人們而言，那就是一塊完全不了解的領域。因此，修改成讓非公司的人也能夠一目了然的用詞，是一項非常必要的過程。

●對象是誰？
●這份工作能夠提供什麼樣的價值？
●能否不引述公司用語及業界用語，以一般大眾的話來說？

請留意以上三點來做說明。

我是A公司的山田太郎。我任職於汽車製造公司，主要工作是開發讓高齡者也能簡單操作、並且具有高安全性的交通工具，也就是說，我的業務內容是開發「友善老年人的新式交通工具」。

這樣子的自我介紹，很容易讓人產生聯想，「好像是滿有趣的工作呢」，如果能夠因此吸引到對方的興趣或共鳴的話，之後的委託或請求將會變得相對順利。

某種程度上來說，在大型企業或知名企業服務的員工，對於要取得初次見面的人的信任感，相對來說會比較方便。只要報上自己的公司大名，不用做太多解釋，就能夠獲得對方某種程度的信賴。不過，這種方便最多就是如此，不會更好也不會更差，之後是否能夠順利委託成功，還是要看個人的本事。

另一方面，不憑藉公司名號的人，則必須多用點心思，詳細說明自己的來歷、業務內容、任職公司等資料。我本身的經驗也是如此，在大公司上班時，委託他人幫忙的過程都相當順利，但獨立創業之後則吃了不少苦頭。因為是不知名的公司、不知名的人來委託案件，勢必會讓對方內心產生不安與擔憂。因此，必須要花很大的功夫以取得對方的信任，比如提供公司簡介或自己的個人檔案，這是不可或缺的步驟。

有些時候，比起「被委託的事情」，「被何人委託」還要來得更有說服力。若是在一開始與對方接觸時，自己無法取得對方的信任的話，那麼很有可能甚至連接下來的文章也不用想要請對方過目了。這是現實社會的殘酷面，請對自己的自我介紹多花一些心思吧。

升級重點一　能激發對方動機的委託理由

請託文最重要的關鍵點，在於要能夠激發對方動機。只要能做到這一點，不論結果是成功或失敗，也能夠在對方心中留下爽朗的印象，而這也正是替下一次鋪路的機會。

相反地，請絕對不要嘗試無法激發對方動機的寫作方式。比如說下面這些例子：

（一）只寫出會影響自己或對自己方便的部分

「若您不接受委託的話，我可能會挨主管的罵」、「我也是身不由己，很是困擾」等等，強迫對方接受自己的狀況，但是這些事情都跟對方無關。想要輕鬆工作、抱持天真想法或自我主義的人，不可能打動他人的心。

（二）不分對象，誰來接受委託都可以的應對方式

「因為被其他人拒絕了，所以沒辦法只得來找你」、「因為委託誰都沒有關係，總之先來問問你可不可以」等等，這種說話方式很容易傷害到對方。而且，有時候若是委託一件任何人都可以完成的事情的話，光是不尊重對方的經歷與實力這一點，就足以傷人至深了。

相反地，有幾個方法能夠激發對方動機：

（一）讓對方對自己的志向產生共鳴

把自己的目標、以及想對誰提供什麼樣的價值、向對方清楚說明，讓對方產生「這是件有意義的事，請務必讓我也來幫忙」的念頭。如果能做到這點，那就是最完美的事了。

（二）讓對方覺得有趣

激發出對方對這件委託的興趣，需要花一點心思和功夫讓對方覺得「這感覺是件滿有趣的委託」。

（三）這件事必須是要對方來做才會成功，而不是別人

從對方的能力、資質、實績等面向，讓對方感受到這件委託必須由自己來做才有意義。若能讓對方覺得「這是我自己想做的，只有我才做得到」，那就再好不過了。

升級重點二　誠實地委託對方

人們常常為了要能夠順利達成委託，很容易產生「只有提到好的部分，壞的部分則避而不談」這樣的通病。但是，這種做法反而會帶來不好的結果。即使幸運地獲得對方同意接受委託，不過隨著工作開始後，對方逐漸了解到那些先天的不良條件，便會一下子喪失鬥志、失去幹勁，因為他們內心覺得「不應該是這樣子的啊」。

其實，請託文的最終目標，並不只是希望對方接受委託。必須把眼界放寬，看向未來預期獲得的成果。這麼一來，就不用太過於強調好與壞，不論好壞，在某種程度內如實地寫出來，並且給予對方思考時間，讓對方自己下判斷是最好的方法。

如果能夠讓對方認為「最終是依照我自己的意願與責任，而接受這份委託」，而不是來自單方面的壓迫的話，那麼這次的委託就成功了。

升級重點三　請託文的第一人稱

在最後這一小節，我想要請教正要動筆寫請託文的你，下面這個問題：

你是誰？

我希望你不要認為這個問題很簡單，「咦？怎麼問這種大家都知道的事情……」。在書寫請託文時，確立「第一人稱」是誰，是請託文寫作時相當重要的一點。

回頭看到剛才的請託文中，至少會看到我這個人所具備的三種身分。

- 任職A公司員工的我
- 幫讀者發聲的編輯的我
- 我這個人本身

而你也是一樣：

- 代表公司的自己
- 幫委託工作者（客戶）發聲的自己
- 自己這個人本身

像這樣子，每個人都有數個不同的身分。當你在寫請託文時，請留意自己該用哪一種身分來書寫。為了讓文章更清楚好懂，可嘗試分別以這三種不同的身分來寫看看。

任職A公司員工的我

老師的文字與本公司的理念極為相仿，甚至可說有許多重疊之處，比如努力給予每一個人在成長路上的支持等，若是能邀請到老師接受本公司採訪，將會是本公司莫大的榮幸。

幫讀者發聲的編輯的我

關於這個議題，讀者的見解呈現相當兩極化的現象，有些極好、有些極差。我認為如果是老師的話，或許能夠從不同的角度，給讀者帶來一些新的思考契機。讀者們正引頸期盼著老師獨到的想法。

我這個人本身

說來真難為情，我本身是老師的死忠書迷。從高中時代開始，我就把老師的所有作品全部都看過了。請老師務必給予我這次能夠與您共事的機會。

以上參考，不是說要你在寫文章時，一定要從中選出哪種「第一人稱」的敘事方式。因為每一種角度都有其優點與缺點。

舉例來說，對於素未謀面的對方而言，把公司當作第一人稱，以「本公司……」來敘事的時候，會比用個人立場去敘事來得更加有說服力。對於具有高知名度的公司來說更是如此，對方會認為這家公司對自己寄予厚望，這是相當振奮人心的事情。

不過，若分寸拿捏不當，一再強調「本公司如何如何，本公司……」的話，只會給對方留下狐假虎威、裝腔做勢的形象。

另一方面，「幫客戶發聲的我」呢？編輯代表讀者，這就好比餐廳的老闆代表客人，說出客人的心聲一般。這麼一來，接受委託的那一方，也能更理解工作的意義了。

比如說，當餐廳老闆請工人們協助室內裝修工程時，對裝潢工人說「希望能夠讓客人有個舒服安心的用餐環境，請麻煩使用較為簡樸的壁紙花色」的話，這種方式相較於餐廳老闆用自己的興趣來拜託工人做事，應該更能夠打動工人的心。

只不過，若是沒有足以代表客戶的根據的話，將會令人起疑。又或者，像是「你如果不接受這份委託，廣大的一百萬名讀者可不會善罷甘休喔」這種氣勢過盛的話語，也只會給對方一種盛氣凌人、以大欺小的感覺。

第三種身分是「我這個人本身」，你怎麼看呢？

無論再怎麼從工作的角度去看，都仍無法完全跳脫出個人立場。從前，我在與一位設計師討論時，曾經發生過類似以下激怒對方的事情。

「讀者如何如何、公司如何如何什麼的，那山田你自己對於這次的設計，到底有什麼看法呢？我想聽的是山田的意見啊！」

如果太過於在意顧客問卷調查或公司營運方針，而被牽著鼻子走的話，很容易讓自己變得沒有主見，又讓對方產生不愉快的感覺。在工作場合中，有時誠實表達自己的意見，反而是獲得對方信賴的一條捷徑。

相反地，若是個人太過強出頭的話，又會變成怎麼樣呢？

「我從很久以前就是你的死忠粉絲，能夠與你共事是我一直以來的夢想……」，當對方聽到這些話時，想必會很開心，這些是可以傳達給對方也無妨的心情。

不過，若僅僅只有這份心情，是否具有撼動人心的力量呢？

從被委託的那一方來看，很有可能會演變成這種局面：「你只是為了滿足你個人的私欲才委託這份工作給我嗎？用個人的興趣來決定工作，這樣子做可以嗎？」

當我還是新人階段時，完全沒有意識到這邊所提到的第一人稱用法。而就在一次又一次的委託、一次又一次地被拒絕、到逐漸地被接受，在這反覆不斷摸索的過程中，最後我整理出了頭緒，選擇以「幫讀者發聲的我」為主要方向，而這也成為我最常使用的委託方式。

我的另外兩種身分，即A公司員工與我個人本身，則會在某些重點時刻出現。在當時，很可惜的事情是，不論是身為編輯的我本人、或是負責編輯的雜誌，都不是那種一說出名號對方就能知道的知名媒體。另一方面，我認為這些在第一線擔任工作人員的人們，雖然他們不清楚關於這本雜誌的事，但其實很關心背負未來責任的高中生，並且願意參與、給予支持。

因此，我逐漸了解到，與其一直使用強調自己個人本身的話語，像「我什麼什麼……我如何如何……」等，不如使用讓對方有如直接看到高中生讀者的委託方式，會比較輕鬆且確實達成目標。這件事對我來說，也是一種對於人際關係的發現。

上述例子僅僅是我個人經歷，不過我希望當你在面對不同的人際關係時，比如與自己、與對方、與公司、與客戶等，能夠找到屬於你自己的立場，「現在正在委託他人的『我』究竟是誰？」

重視自己個人的想法，拓展視野去看自己未來想要做的事情，不要錯過任何與之相關的人們。這種完美平衡，就是最佳的第一人稱。

實踐三　會議紀錄——

傾聽與引導的祕訣

「請做會議紀錄。」

初入社會之時，每每聽到這句話總是會令人傷透腦筋。煩惱著到底要記錄些什麼比較好呢？於是，便將自認為很重要的發言，一個一個用筆記寫下來。重點似乎已經不是在參加會議這件事上，而是拚了命地留下紀錄、不願意漏失任何一句話。而由於筆記是匆忙之下所寫，不是直接給他人看的東西，因此，必須在會議後用文書軟體重新再謄寫一次。

這過程相當花時間。然而，當把這份整理好的會議紀錄發送給大家時，我自己也不禁產生「有必要發送這份會議紀錄嗎？應該沒有一個人會重複看好幾次吧」的念頭。

果不其然，會議紀錄被好好地收在前輩們的資料夾裡，而之後，也似乎完全無用武之地，真的是浪費時間的作為。

與其說我所寫下的是會議紀錄，倒不如說是隨機的發言紀錄來得更為適切。後來，也有許多人負責做會議紀錄並發送給大家，但還是沒有人會去重複翻閱。「會議紀錄的目的究竟是什麼呢？」有好長一段時間，這件事一直是我內心裡的一個謎團。

著眼於議題而非發言內容

在文章寫作指導中，當掌握到「議題」時，腦中會靈光一閃，「我懂了！原來不是寫下發言內容就好」。下頁有一篇會議紀錄，請各位先大略瀏覽看過去就好。

會議紀錄最重要的重點是：

把議題以「問題」的方式，在腦海中大大地清楚地寫下來。

這就是全部了。這一點也是最困難、最能看出寫作功力的地方。

為什麼這麼說呢？這是因為我們不論是在開會、小組報告或與人會面時，都沒有事前確認「議題」的習慣。

舉例來說，假設你今天已經去見過某個人，當被問到「當時，你們談了些什麼內容」時，你應該會回想起來「說了這件事，也說了那件事」。那麼，當被問到「你們討論的主題是什麼」，要你把議題用一個疑問句來清楚說明的時候，這一點其實是相當困難的，因為日本人對於「議題」這個概念非常地薄弱。

〈會議紀錄〉秋季區民祭典活動 第二次會議

記錄：山田

議題	區民祭典的活動目標為何？ 活動能帶給參加者什麼樣的價值？
日期、地點	二〇〇╳年九月十一日 下午二時三十分至五時 區民會館
出席人員	榊原、小泉、柏野、菱川、山田

前次會議討論題綱

- 對於區民祭典活動有什麼想法？請每個人都提出自己的規劃。
- 為了要選定其中一個想法，必須要先決定「祭典的活動目標」。
- 菱川、山田對「活動目標」提出了方案。

本日會議流程

決定活動目標。

以菱川和山田的方案為基準，由活動成員一起討論細節，最後提出要達成的目標。

- 山田和菱川提出他們的方案→進行討論。
- 參考與研究來自其他地區活動的成功和失敗事例的影片與資料，以便了解各地區活動之進行狀況。
- 為了決定目標所做的討論→決議。

會議重點

一、活動對象是誰？由於去年十歲至二十歲的年輕人參與度不高，希望能規劃一個讓年輕人會想要積極參與的活動。以及讓每年都很期待祭典活動的中高年齡層長者，都能夠開開心心地享受活動。

二、目標要清楚明確。希望讓大家帶著什麼樣的心情和感覺，來享受這愉快的區民祭典活動？

本日決議事項

活動目標放在增進世代之間的交流。舉例來說，就像讓老人家與孩童們、或十歲與四十歲的人之間，能夠自然而然地產生對話，透過祭典活動的舉行，給予不同世代間一個能夠互相交流的場所與機會。

⬇

未來的議題

何謂增進世代之間交流的機會？

具體化的方案為何？

下一次會議預定流程

下一次的會議，請菱川與山田各自就「如何增進世代之間交流」這個議題，提供具體且有邏輯的概念或想法，讓全體成員一起來討論。其他成員也請每個人提出一個方案。（二十二日下午一時於區民會館）

因此，無論是會議、或是類似「有關秋季區民祭典活動」的討論會等，皆以一種含糊籠統的形式開始，由出席會議者們緩緩地輪流發言，而不知不覺之間，當會議結束之時，則是往某個方向做出最終結論。

很多時候會議紀錄都是交給年輕員工負責，如果會議主持人在事前能夠先將「問題」表達清楚的話，如「秋季區民祭典活動日期是什麼時候」、「秋季區民祭典活動的贊助廠商要委託什麼企業幫忙」等，那麼，負責會議紀錄的人就會比較輕鬆，不過，這樣的機會卻是可遇不可求。

幾乎大部分的人參與會議或討論會時，都曾出現過一次或兩次這樣的念頭，「這個到底是在開什麼樣的會啊」、「現在他們在討論的主題是什麼呢」、「為什麼會叫我來開這場會議啊」、「要怎麼融入或發言啊」等。

即便是這種步調輕鬆但卻有些許模糊不清的會議，只要在會議之後，好好地下功夫來寫會議紀錄並發送給所有出席人員，就能夠讓整個會議的議題變得清晰，也能夠把「這次會議是在開什麼的啊」這種問題，整理出一個頭緒傳達給所有人。

如果只是將優良的發言內容有條不紊地記錄下來，那這份會議紀錄也只是在浪費時間而已，請避免這樣做。試著去改變自己的觀念吧。

不要把注意力放在出席人員說了些「什麼」上，而是放在他們說了「與什麼有關」的話。在每個發言的背後，都有一個「問題」，也就是議題，請把焦點放在該處並仔細聆聽，然後寫下筆記。

提出良好發言內容的人，或是提出能夠讓會議流程改變的發言者，他們肯定了解什麼是「好的問題」。也應該能夠將過去已經討論過的「問題」方向，一口氣轉向更好的方向。而我們也可以思考一下那個「問題」是什麼。

接著最後的部分，要來思考「今日的會議，結果到底討論了與什麼有關的事情」，然後把它用一個疑問句寫在會議紀錄的開頭處。當然，有些時候可能會出現多個議題同時討論的狀況、或會議中途議題偏離了會議主軸的情形，而這些臨時狀況讓會議就在一股不明確的氛圍下突然地結束了，每間公司應該都曾經遇過這種情形。不過，也正因如此，找出那個最核心的議題，便是此時最為重要的一件事。

若能將核心議題白紙黑字寫下來，那麼，收到會議紀錄的出席人員內心也會這麼想，「喔！沒錯，我們在那次會議決定了目標，原來是這麼回事。當會議開始時，我不太明白為什麼，有種就默默地聽從講話大聲的人的意見，不過，現在我懂了，那次會議主要目的是要決定活動目標的呀。這份會議紀錄提醒了我，沒錯，就是如此啊」，相信出席人員一定會更加了解自己所做的事情，對整個活動團隊也會很有幫助。

而實際上在書寫的時候，把核心議題擷取出來，用問題的方式來做修正，其實是一件相當高難度的事情。不過，這樣的作業流程，能夠有效鍛鍊頭腦，是一項出色的寫作訓練。請不要放棄，繼續努力嘗試。

若能將會議議題以「問題」的方式，清楚明白地呈現出來，撰寫會議紀錄就不難了。

對於所提出的問題，要做出什麼樣的「回答」呢？這就是本次會議最終的「決議事項」，將其寫在會議紀錄最後面就可以了。

在「問題」與「回答」之間，要先決定優先順序，從大方向開始大概寫三個左右即可，比如要用什麼步驟或方法來討論問題？（會議的流程）、回答該問題時，哪些部分必須特別注意？（會議的重點）。不需要太過枝微末節的細節。決定優先順序是很重要的工作，如果能夠做到這一點的話，那麼會議紀錄的第一步就算合格了。

升級重點一　明確提示前後流程

如果能夠將會議的前一次與後一次的狀況，寫在會議紀錄中的話，這份紀錄對活動進行將會大有幫助。

會議這種東西，總是容易陷入混亂的局面，因為現場有許多人說著各式各樣的事情。而自己也會因此失去發言的方向，不知道自己到底在說什麼事情的話題。最糟糕的情況，也有可能推翻原先的會議主旨，比如提出把過往議題都否定掉的新議題，像是「秋季區民祭典活動，真的有舉辦的必要嗎？」」這種提案。

為了不要演變成上述的情況，該怎麼做比較好呢？請試著回想起本書到目前為止提過的內容，想要了解「現在，自己所在的位置在何處」，不能光是只有看到「眼前」的事物，這樣是絕對不夠的。要把視野放在過去，接著再放在未來，從不同的角度去看，才是正確的做法。換句話說，應該要寫下「至前一次為止的流程」以及「下一次的預定計畫」。事先於開會前將這份會議紀錄發送給大家的話，所有人都會相當清楚當天會議的流程與走向。

而由自己主導會議並寫成會議紀錄的情況也是如此，整理自己頭腦的思緒，事先將「至前一次為止的流程」、「本次的議題」、與「下一次的預定計畫」等事項寫入會議紀錄中，接著再進入正式會議即可。當然，在當天的會議中，「下一次的預定計畫」可能會有所變更，不過，就算是假設性的計畫也無妨，總之先提一個方案出來。這麼一來，會議的入口及出口將變得相當明確，即使迷失在會議中也能夠找到回頭的方向，不用再擔心會議的主旨被推翻了。

升級重點二　寫下此次會議的定位

會議的定位，亦即面對所提出的「問題」要採取什麼樣方式的會議？如果也能夠把這點先寫下來的話，會比較好理解。

如果這場會議是針對某個問題，要找出一個答案的話，那麼這次會議的定位便是「決策」。另一種方式是面對「問題」時，可以不斷地提出各種可能的方案，目的是天馬行空的發想，而不是下決定，那麼這次會議的定位便是「腦力激盪」。

隨著會議定位的不同，出席人員也會跟著改變。如果是決策會議，那就必須要邀請擁有決定權的人參加，否則這場會議將毫無意義。而如果是需要許多點子的腦力激盪，可以用特別來賓的方式，邀請總是具有獨特想法的人參加會議，也是很不錯的方法。

升級重點三　用疑問句寫下「今後的課題」

所謂「今後的課題」，是指比下一次會議的議題範圍更加廣大的一種未來方向。這裡也請使用疑問句的方式，讓下次的目標更為明確。也由於讓全體成員共享下一次目標的大方向，因此不論是收集情報或下次會議的準備工作，都變得更為容易了。

良好的會議大綱

讓我們回到剛才提到區民祭典會議的例子，把注意力放到「問題」上，再按照會議的流程來看，將會變成如下的走向：

前一次的問題：對於區民祭典活動有些什麼樣的想法？

⇦

有太多想法難以選擇。細節留待下次討論。

⇦

這一次的問題：舉辦區民祭典活動的目標是什麼？

⇦

目標是要增進世代之間的交流。細節留待下次討論。

⇦

下一次的問題：要如何增進世代之間交流的機會？

像這樣子把會議的議題，整理出一個邏輯，應該就能夠理解，這個過程最終將會導出會議的結論。看到這裡，是不是有一種似曾相識的感覺呢？沒錯，就像實踐一裡提到的文章寫作綱要。要舉辦一場好的會議，與要寫出一篇具備好「問題」的文章有異曲同工之妙。

如果會議主持人沒有告知今後的課題、下次的預定計畫，以及團隊成員每個人應該要做的事情，可以在會議當場或者會議過後再詢問大家的意見都沒有關係。

將整理完備的會議紀錄發給大家，如此一來大家應該會仔細地閱讀才是，並且會為了做好未來開會的準備而多讀幾遍，甚至帶到下次會議上，好好地放在桌前。

與文章寫作一樣，讓會議和討論會成功的祕訣，就在於所提出的「問題」。如果能夠學會如何寫出把重點放在「問題」的會議紀錄，那麼，當自己在主持一場會議時，也能夠妥善安排各項議程以便使會議順利進行。不僅如此，甚至還可以有效提升團隊成員對於會議的認知、使團隊成員更加了解會議運作過程。

實踐四 應徵動機（自我推薦）——

用文字展露優勢

「只要認真努力的話，總有一天，一定會有人發現的！」這個說法是正確的，同時也是錯誤的。當我還在企業服務時，我親眼見證了那些擅長自我推銷的人迅速獲得他們想要的職位。如果某人具備實力的話，應該也會有相對足以行銷自己的能力。

因此，為了你自己想要完成的目標，在這邊要告訴你如何掌握應徵動機與自我推薦函的重點寫法，以便吸引對方目光。下列是我所假設的幾個場景：

- 就職考試、徵才博覽會的文書資料與面試
- 推薦甄試、各大學入學考試、以及面試
- 欲申請公司內部調職
- 自由接案工作者欲推銷自己給客戶

●欲參加有興趣的社團或相關活動

「哪裡都好不是嗎？」

日本的大學入學制度中，各校有推薦名額，只要平時在校成績不錯且穩定成長的話，可以不需經過學科考試，直接以論說文寫作加面試的方式即可入學。此時的重點就在於如何撰寫入學動機。過去曾有學生這麼問過我：「我希望透過推薦甄試的方式入學，所以學校老師要求我『先把你的『入學動機』寫出來讓我看看』，可是我不知道怎麼寫，很是困擾。為什麼要選擇那所大學呢？如果說是因為學費便宜、或之前去參觀學校時覺得設備完善等理由，這樣子好像哪所學校都可以的感覺不是嗎？但我只能想得到這些原因。」

這實在是太真性情的真心話了，坦率到讓我會心一笑。即便是正在找工作的學生們也是一樣，當他們被問到「為什麼要選擇這家公司」的時候，有些人就只會想到可以保有良好隱私權、薪資不錯等原因。

在撰寫大學甄試的入學動機時，也有些人會提出如下述籠統的回答：「想要擁有充實的學生生活」、「因為高中有參加社團，因此也希望能在進入大學後全力參與社團活動」、「想要認識很多人，交到許多朋友」。

試想，從大學甄試人員的角度來看這些入學動機，他們會覺得這種寫法怎麼樣呢？有可能從眾多的申請者中，特別去選擇那位學生嗎？因此，我給考生們的回覆如下：

「如果想不到怎麼寫入學動機的話，請先就以下的問題自問自答看看。最重要的是，自己要先能夠接受自己未來職涯的規劃。」

強化入學動機的問題〈大學篇〉

一、在眾多學院、學系當中，你為什麼要選擇該所學校？

二、該所學院、學系的主要研究領域為何？

三、要在該所學院、學系內從事研究，需要具備哪些能力或條件？

四、目前，整個世界與我國面臨到了哪些與該所學院、學系的研究領域相關的問題？

五、承上，你會這麼回答的原因為何？又，你認為該怎麼做才能解決？

六、當你看到社會上某些情形與該所學院、學系研究領域有相關聯時，你覺得自己在未來五年或十年後想要實現的，是怎樣的理想社會形態？

七、在進入該所學院、學系學習後，你將來想要從事什麼類型的工作？

八、回顧你的過去與現在，你有哪些適合本學院、本科系的特質或優點呢？另外，你做了哪些努力？

九、請具體且充滿企圖心地向他人說明，為什麼自己非就讀這所學校不可，以及為何一定要在該所學院、學系內做研究的心情與渴望。

如同本書已經再三重複過的觀點，「為什麼選擇這所大學」是一個範圍太過廣大的「問題」。因此，如果想用一句話來回答的話，不是說出陳腔濫調的答案，就是對思考這個問題感到厭煩，結局只會是其中一個選項。這個時候，應該要從小問題開始著手。

而且，運用「問題」這個工具來探究的領域，正如同在第二章第一節中所說明的一樣，可以是從「過去↓現在↓未來」、從「自己↓社會↓世界」，同時也可以搭配時間軸與空間軸來做更好的調整。上述的問題便是依此步驟而產生。

就在給予對方這樣的建議之後，不久，便收到了這位準考生的回信。

「那個，該怎麼說呢，如果沒有非得要『縣立大學』，而是單從科系來考量的話，我覺得會比較容易、順利。」

連結雙方的關鍵

請找出對方與自己相關聯的「關鍵點」，這是當你在寫入學動機時最重要的一點。

選擇大學時，通常關鍵字會放在「學院、學系」上頭。大學是做學問的地方，因此，從校方的角度來看，會希望選擇明顯有做學問的野心以及對各項議題都很關心的人才進入學校。若是與做學問脫節的話，比如多著墨在地理位置、環境設備、社團活動、學生生活等其他條件，不論他的入學動機寫得再動人，充其量那些也只是附加條件而已，無法深入達到校方所要求的核心之處。

因此，最能將做學問的意願與抱負完美呈現的關鍵點，便是在於「學院、學系」了。

如果是一般公司的話，又會是怎麼樣的情形呢？公司方面，同樣也希望能夠選出對工作有野心與能力的人才來替公司服務。為了要更進一步了解公司的核心目標，其關鍵點首先要從與其業務內容相關的「領域」來看起。舉例來說，食品公司的關鍵點是「食品」、教育產業的關鍵點是「教育」、服飾業的關鍵點是「衣著」。

而且，如果是明確標示職務類別進行招募的「徵才訊息」的話，那麼，業務人員、會計人員、編輯人員等「職務類別」就是它的關鍵點所在。

而若是看到沒有明確標示職務類別的情形，如「A公司，招募正職員工」等，那麼其「行業類別」就是它的關鍵點所在，像是服務業、製造業、出版業等。

與工作內容相關的「領域」╳「行業類別」

與工作內容相關的「領域」╳「職務類別」

把以上項目當成關鍵點來處理的話，就可以寫出直搗核心的應徵動機信。舉例來說，假設要應徵教育類型的服務業工作，那麼，以下將是關鍵所在。

「教育」×「服務」＝「教育服務」

推論出自己的關鍵點後，接著請嘗試把剛才提到各項入學申請動機的「學院、學系」問題，用自己的關鍵點去代入看看。

強化工作應徵動機的問題〈工作篇〉

一、在眾多產業當中，為什麼你會選擇「教育服務」呢？
二、「教育服務」是一項什麼樣的工作？
三、從事「教育服務」工作，需要具備哪些能力或條件？
四、目前，整個世界與我國面臨到哪些直接或間接與「教育服務」相關的問題？
五、承上，你會這麼回答的原因為何？又，你認為該怎麼做才能解決？
六、當你用「教育服務」的觀點來看整個社會時，你覺得自己在未來五年或十年後想實現的是怎樣的理想社會形態？

七、在「教育服務」產業中，你想做些什麼樣的工作內容？

八、回顧你的過去與現在，你有哪些適合從事「教育服務」工作的特質或優點呢？另外，你做了哪些努力？

九、綜合以上幾點，請具體且充滿企圖心地向他人說明，為什麼你要選擇「教育服務」工作？你的理想目標是什麼？

「教育服務」只是其中一個關鍵點，也可以換成其他產業，比如「汽車製造業」、「藥品開發業」、「房屋仲介業」等，請試著用自問自答的方式思考看看。

書寫未曾有過之經驗的困難處

在書寫應徵動機時，最困難的地方在於，必須寫下關於自己尚未經歷過的事情。

大學入學考試是一個很好的例子，對於平常僅接受學校課業的高中生來說，即使跟他們提到哪個學校、哪個學院、或做學問什麼的，會因為完全沒有類似的經驗，而難以激發他們對大學的想像。

大學校方則理所當然地認為，「如果想進入法學院，學生至少要是對法律有興趣的人，而不是感性大於理性的人；也希望至少是具有邏輯思考能力的人，這樣子應該不為過吧」。

應試者與主考官兩者之間的現實面總是存在著差距，放在求職這件事來看也一樣。即使是即將成為社會新鮮人的應屆畢業生，當他們被問到「為什麼你對汽車製造業有興趣呢？」也很難做出完美的回答。

轉換工作跑道也是相同的情形，尤其是像系統工程師或經銷商等專業人士想要轉換公司，遇到想要挑戰新工作的狀況時，若說僅僅只是單純想要嘗試或興趣使然的話，很難去寫出能打動主考官內心的應徵動機信。

因此，觀察、詢問、調查等步驟缺一不可。請回想先前提到的問題與關鍵點。因為這件事是現在才要開始去做的，所以無法馬上就那些問題給予完美的回答，就某種層面上來說，這是理所當然的事。而對於那些無法給予完美回答的問題，也不要就這麼把它擱置在一旁不管，若能著手調查出答案是比較好的方法。

比如可以收集與關鍵點相關的新聞報導、閱讀相關文獻、詢問相關人員等。舉例來說，假設某人想應徵藥品公司的研究開發工作，那麼「藥物開發」就是其關鍵字。因此需要收集與藥物開發相關的文章、國內與國際發生過的大事以及新聞報導等。光是從這些資訊中，應該就可以察覺到諸多現象，例如國際間正打得如火如荼的藥物開發大戰、許多在第一線的醫療現場所發生的糾紛與社會問題等。另外，隨著基因研究的進步，可以預見未來將會陸陸續續推出許多新式藥物；於此同時，應該也可以發現目前仍存在許多尚在等待藥物開發來醫治的重症。於是，可以多去閱讀相關書籍，也可以多多向醫療從業人員或藥物從業人員詢問他們的看法，這些都是很好的方式。透過自己去做調查，能夠更加具體地看清楚現實社會與自身志向之間的關係，而自己想要做的事情也將能逐漸地撥雲見日。書寫應徵動機信的過程，同樣地也是一種讓自己對於未來生涯規劃的心情更加穩固堅定的過程。

在求職（特別是社會新鮮人）與入學的應徵動機信中，經常要書寫對於未知事情的看法，就這一點來看，大部分的人應該都是差不多的水準，沒有能力太過優異的情形。

因此，如果應徵者對於該學術領域的部分稍微多做一些調查，最後能夠具體地表達出自己的應徵動機並且侃侃而談的話，便可以明顯拉大與其他人的差距了。每一個人都擁有不輸給其他人、「想要進入」那家公司或那所大學的心情。然而，具體來說做了哪些行動？做到哪種程度？這些都會是影響應徵動機信的品質所在。

很顯然地，我們在遇到求職考試或要到某公司參觀的狀況時，為了要迅速有效率地進入狀況，總是採取直觀、就事論事的學習方式。雖然這種方式是必須的，但是如果只把焦點放在公司與自己之間這狹小的範圍的話，那麼最重要的志向也會跟著萎縮。不論是「學院」也好、「專業領域」也好，在這些能夠成為關鍵點的地方，都應該要用心仔細地去觀察，觀察廣大社會的未來趨勢、觀察業界整體走向，以及觀察自己本身。乍看之下，好像是繞了一圈遠路，不過，能確實做到這個步驟才是最為重要的事情。

升級重點一　為什麼選擇那裡呢？

當確立了自己的志向，並且能從不同角度來談論事情之後，對方接下來會在意的問題點就會是「為什麼會選擇我們」了。

我們可以再回去看先前提到的例子，推薦甄試的準考生所提出的問題：「為什麼要選擇縣立大學呢？」舉例來說，如果想要學習法律的話，也有很多其他的大學有相關科系，如果想要進入與藥物相關產業，同樣也有很多類似的公司。為什麼，要選擇特定的那一家呢？

在這裡，也必須要找到關鍵字。如果你的應徵原因只是因為設備完善、薪資優渥、名聲響亮等這些偏離重點的地方，那麼再怎麼樣也無法抓到對方的核心要求。對方對事物的看法、思考方式等，這才是關鍵之處，以大學來說，他們的關鍵重點就是教育方針，以企業來說，便是營運方針與理念。

- 對方擁有什麼樣的「方針與理念」？
- 有哪一些具體實現「方針與理念」的事例或人才？
- 自己對於「方針與理念」的什麼地方產生了怎麼樣的共鳴？

請朝這樣的方向去思考。直接從公司概況與宣傳手冊著手調查，比起實際到企業或大學參觀、詢問職場前輩等方式，應該來得更容易才是。現在，各式各樣的企業組織，為了宣傳自己的公司不遺餘力，因此，網路上的各項資訊也是相當重要的情報來源。

升級重點二　將與生俱來的優點化為文字

有一種「因為討厭某件事，所以選擇了這個」的論述方式，經常出現在應徵動機信中。請看以下兩個例子：

同在汽車產業中，X公司給人一種思考模式老舊的印象、Y公司的業績表現則不太好，而貴公司卻是屢屢締造銷售佳績。因此，我覺得要找工作的話，除貴公司外不作第二人想。

原本我是以理學院為我的主要志願，不過似乎會一直待在實驗室中埋首研究的樣子，看不到與社會其他人接觸的機會，話雖如此，我認為以學校的偏差值來決定未來人生規劃不失為一個好主意，因此，我決定要就讀教育學院，以理科教師作為我未來的人生目標。

令人吃驚的是，到處都可以看到這種論述方法，或許是因為它很容易吧。一般來說，必須要先去了解所談論的對象，不然無法做出評論。而為了要了解對方，勢必要多觀察、多詢問、多調查。由自己親自去找出對方的優點與個性，然後轉換為話語或文字，是一項非常辛苦的工作。因此，我們經常會主動帶入不太適當的觀點，並藉由貶低這些觀點，來完成自己的應徵動機。

這麼做的話，如果對方因此感到開心是很好，不過明確地來說，這種論述方法不可能打動對方的心。為了讓大家比較好懂一些，以下舉一個求婚的例子來看看：

其實我以前還滿喜歡S小姐的，不過她都不會考慮到別人的心情；H小姐的容貌有點差強人意；如果和N小姐結婚的話，感覺家裡會變得很髒亂。真是的，最近都沒遇到比較好的女孩子，所以，如果認真考慮結婚人選的話，除了你之外，其他人我都沒法想像呢……。

這種一點一點擠牙膏式的論述方法也是一樣，對方絕對不會因此感到開心。不論別人有多優秀，仍然必須把求婚對象所具備的、無可替代的魅力，用言語表現出來告訴對方。透過這樣做，便能向對方展現「我非常了解你喔」的心情。

升級重點三　會為對方帶來哪些助益？

大學入學方式百百種，各大學的推薦甄試是其中的一種。準考生要提出自己在大學時想要完成的事情，並且在考官面前發表，在與考官進行問答對談之後，從這段過程中選擇合適的學生。在沒有紙筆測驗的情況下，考生們的「志向」本身就成為了選擇的標準。

我所認識的一位學生，順利地通過那場入學考試。而且他具有相當充分的理由。

他從孩童時期開始就非常喜歡公車，他發現到：「老人家與行動不便者要搭乘公車時相當不便，要怎麼樣做才能改善這種搭乘環境，讓搭乘公車變得更美好？」於是從中學時便開始著手進行各項關於地區公車的研究與調查。而專門報導公車的雜誌上，也經常能夠看到他的調查報告刊載於內。

於是，為了能夠更進一步實現自己想要從事的交通福利事業，他考慮到必須要擴大去學習各種不同領域的專業知識，而大學所教授的公共經濟學、行政學、福利學、運輸工程學等，正是他所需要的知識，因此他選擇參加大學的推薦甄試。

當時他所提交給校方的資料，除了有「入學動機信」以外，還有刊載自己調查報告的公車雜誌。他的入學動機信之所以吸引主考官目光，是因為他把自己想要做的事情明確且清楚地表達出來，更不用說，其中當然也包括了他為了達到這個目標，所採取的具體思維與行動。不過，此處另外還有一個重點。

那就是，他的志向對「其他人」來說是一件有意義的事情，就是這麼簡單。他的志向是以交通福利的形式，對民眾與社會做出貢獻。不僅如此，他吸收了不同領域的知識學問，與產、官、學，以及當地居民攜手合作，共同進行關於交通福利的研究，透過這些過程，也間接地帶動了大學的活性化。正是因為他以交通福利為志向的這件事，能夠為其他人帶來好處，而且相當顯而易見，作為入學動機可以說是再清楚也不過了。

相反地，在沒有順利錄取的人當中，也有如下的例子。某位考生直到上高中以前，一直都有在打棒球，對棒球這項運動相當有天分。因此，他希望能夠在進入大學之後繼續打棒球。不過，當面試官問到：「你打棒球這件事，對你周遭的人有什麼意義嗎？」他卻無法完美說明理由。

在日本的價值觀中，人們認為「謙虛」是一種美德。因此，或許會有很多人不習慣把「你如果錄取我就能獲得這些優勢喔」的話語用白紙黑字寫出來。不過，對對方而言，招募這件事，主要著重於錄取這個人後，他是否能活化整個組織、並提升整體工作效益，絕對不是為了要讓應徵者來實現他個人的夢想。讓應徵動機信不偏離軌道的一個最重要的關鍵所在，就是認識「自己——大學」、「公司——社會」之間的關係，並且清楚地去描述它。

應徵動機信的其他必要條件

看完了上面的章節，接著一起再來看看還需要添加哪些必要條件，讓應徵動機信的內容更為充實。

（一）了解與自己志向領域相關的社會環境

你自己本身對於那些與你志向相關聯的領域中的人們與社會，有些什麼樣的看法？其中有哪些問題點、原因為何？為了要改善問題，必須做到哪些事情？你想要實現哪一種與人們與社會相關的理想？

（二）了解與自己志向領域相關的自我定位

在自己的志向領域中，自己想要做到些什麼？動機是什麼？在該領域中需要哪些相符的經驗、能力、與特質？若是自己順利獲得錄取，能夠對對方以及社會做出什麼貢獻？

（三）選擇對方的理由

為什麼選擇對方，而不是其他選項？你對於對方的哪些理念有共鳴？

以下是加入上述必要條件所完成的一封應徵動機信，一起來看看這個例子。

〈應徵動機信〉

我非常希望能夠進入貴公司服務，理由如下。

當我看到日本人日常的飲食生活，我發現有些孩子們罹患了以往總是出現在大人身上的成人病，對於這項事實，我感到非常痛心。明明在超市賣場中有著許多豐富的食材、且營養學日漸進步的現在，為什麼現代人日常的飲食生活卻偏偏無法達到平衡呢？這時，在我腦海裡浮現出來的是太過忙碌的現代人的生活型態，如孩子們去補習班、女性們去工作等畫面。

因此，我希望能夠從食品營養與生活型態這兩個層面，去協助現代人尋找一種全新的飲食方式，並且給予大力支持，這是我希望進入貴公司服務的契機。

我在大學時期，從營養與環境兩方面做了許多關於「食品」的研究。舉例來說，「能夠簡單達成、且讓家庭充滿談笑聲、同時又能兼顧營養的食物料理是什麼」，像這種以多面向為主軸，進而探討飲食方式，是我主要的研究議題。在四年研究過程中，我親身感受到飲食方式確實能改變環境與家庭生活。我會運用這個寶貴的經驗，為貴公司做出一番貢獻。

貴公司在面對女性工作議題與對地球環境友善的商品議題等，總是能夠早別人一步將人們與社會的變化反映在公司提供的商品上。我對於公司在飲食這方面所涉獵的深度與廣度，感到非常地有共鳴。

最後，我希望能夠從事讓家庭充滿歡笑、充實人與人之間關係的食品企劃或開發的工作，在一開始不論分發到哪一個部門、哪一項業務，我都很想要嘗試看看。因為我認為，這樣子我可以從更多元的角度來看待「飲食」這個議題，視野也將更加開闊。

以上，是我想要進入貴公司服務的理由。我強烈希望能夠成為貴公司的一分子，為公司服務貢獻。

文章的結構，其實非常簡單。

一、說明「為什麼想要進入貴公司？」

二、對充滿不同飲食方式的現代社會有些什麼樣的認識？

三、從社會背景所產生的動機為何？

四、自己有哪些適合從事飲食工作的條件、以及有哪些經驗與特質可以貢獻給貴公司？

五、為什麼選擇貴公司而不是其他公司？

六、在食品公司，自己想要達成的目標是什麼？

七、由於上述原因，因此選擇貴公司。

如果要放入剛才提到的三個必要條件，其順序可以自由不受限制。請多下一些功夫，嘗試各種不同的寫法吧。

實踐五　道歉文——

懂得彎腰，站得更高

「領導者的工作，就是在該做決定時做決定，該道歉時就道歉」，這是我還在企業服務的時候，當時調職的同事所留下的一段話。

如果想要帶領團隊做事的話，先決條件應該是要具備決斷力與道歉的才能。

沒有任何一個人不會犯錯。當你想要獨特的生活風格、當你責任範圍增加的時候等，未來要遇到道歉的機會只會越來越增加。不論是工作或私底下，道歉的才能可說是每個社會人士都必須具備的能力。在此章節將要告訴各位，如何寫出規規矩矩的道歉文。

首先，請看以下這個常見的例子。

〈道歉文章例一〉

這次給大家造成困擾，本公司感到非常抱歉。平日在業務上總是盡全力做好每一個小細節，為避免日後不要再發生同樣的錯誤，本公司全體員工將上下一心，在工作崗位上更加倍努力。今後也請繼續給予批評指教，謝謝大家。

龜勝百貨股份有限公司

感覺上好像還是無法讓人釋懷的一篇文章對吧。對方真的有認為自己做錯事了嗎？「全體員工上下一心……」？這種精神喊話式的論調，真的能夠減少未來犯錯機率嗎？

接下來再看看下面這篇文章，希望各位比較一下。

〈道歉文章例二〉

石野真一先生：

這次讓您收到瑕疵商品，在此誠摯地向您說聲抱歉。

聽說這是您要送給小朋友的生日禮物，商品未能讓石野先生與小朋友留下美好回憶，本人對此甚感痛心。
這是賣場負責人也正是我本人的疏失。我們要求每一位店員，在進行商品包裝前必須先檢查是否有缺漏，或許是我的指令太過簡單，導致此憾事發生。
昨日在檢查商品時，我們徹底要求全體店員做到在客人面前直接確認可能有問題的扣環部分。
隨信附上稀有卡通人氣角色商品作為贈禮，聽說小朋友很喜歡這個卡通人物，因此我們店員努力地去收集到此商品。如果小朋友喜歡的話就太好了。
再一次鄭重地由衷向您致上最深的歉意。

龜勝百貨股份有限公司賣場負責人　加藤陽子

與第一例相比，第二個例子給人的印象全然不同。第一個例子很難用真誠與否的精神論或人際關係去做歸納統整，那種漫不經心的表達方式，對一篇道歉文來說，絕對不會是一個好榜樣。
那麼，這兩個例子之間，究竟有哪些不同之處呢？以下將具體分析其文章機能與結構，讓各位更明確了解道歉文所需要的必要條件。

道歉文的組成架構

第一個例子的文章綱要解析如下：

〈例一的綱要〉

一、道歉

二、內心認為已經確實完成某事

三、今後打算會確實做到

四、未來也請多多指教

雖然這篇文章使用了直截了當的總結方法，但由於毫無修飾，導致結果並不理想，這是一篇很典型的文章作者完全沒有經過思考所寫出來的文章。結尾的「今後也請繼續給予批評指教」，也是很自私自利的想法。

另一方面，來看看第二個例子，深入探究每一個段落的功能的話，就會發現其實這是一篇極具機能架構的文章。

〈例二的機能架構〉

一、道歉

二、從對方角度來看事情

三、積極地承認錯誤

四、探究原因

五、規劃未來對策

六、提出補償方案

七、再次道歉

雖然區分成了七個段落，不過每一個段落確實都有達到該段落應有的功能。除去最後的結尾，每一個段落的功能都不重複。而且，段落與段落之間採用的排序，使文章功能發揮了最大的效用。因此，通篇文章毫無贅語，是一篇非常用心且能達到成效的文章。

到底該怎麼樣做才能夠寫出這種結構完整且能達到成效的文章呢？第一步，便是要思考自己所寫的文章中，每一個段落各自該有些什麼樣的功能。請試著以條列式的方式把功能寫下來，你就會明確了解到哪些地方是重複的、哪些地方是不足的。

透過條列的方式，你應該能漸漸看清自己的邏輯架構，比如「我好像只有一直不停地在道歉」、「我老是在說自己的事，那些描述我心情的段落真是亂七八糟地多」、「另外，原因也調查清楚了，原來我對自己的論述觀點有飄移不定的壞習慣」等。

第二步，在開始動筆寫文章之前，試著自己親自去將每個段落的功能結構，從零開始組合起來，而且必須事先想像最後的結果。如果不習慣這項作業的話，或許會覺得又困難又麻煩。然而，如果能夠每一次每一次地去訓練自己思考這些問題，如「為了達到目標結果，哪些是必要的條件」、「那麼，要如何來排列這些條件的先後順序」的話，就可以自然而然地在心中描繪出文章該有的要素與整體結構。就像以下這個開始學會整合文章架構的例子：「欸，要把我看電影的感想寫給朋友，首先是要寫我的感覺對吧。然後再回覆那封上次朋友轉發給我的感想，然後……接下來呢？」

提出問題、調整看事情的角度、積極思考，這一連串的流程不僅適用於道歉文，對於書寫各種不同種類的文章都是不可或缺的步驟。再次強調，重要的是要自己思考。

道歉文要達到的效果與必要條件

那麼接下來，讓我們一起來細部分析，要寫好一篇道歉文必須具備哪些條件。最先必須要考慮到的，是道歉之後要做些什麼，也就是說務必要先考量到希望達成的結果。

- 道歉後就解決了？
- 給一個自己能夠接受的道歉方式？
- 道歉後獲得對方原諒？
- 想要修補因自己的失誤而造成對方的損失？

由於這一題沒有正確解答，因此必須要按照每一個不同的情境，去思考自己所想要的結果。只不過，如果只有上述其中的一個結果的話，仍然有些地方顯得不足。

應該很少人會覺得僅靠一個道歉就能了事，但卻有很多人認為獲得對方原諒就是道歉的終極目標。若是只把獲得原諒當成最終目標，不論錯誤輕重，當遇到對方很善良時，這個目標或許很容易達成。又或者，當對方始終不原諒自己時，可能自己還會反過來怨恨對方也說不定。

只以自己的接受度為基準的道歉方式，又是怎麼樣的一個情形呢？可能會想要早點道歉早點解脫，可能會送對方昂貴的禮物讓自己心安，也可能無視對方感受只想要自己開心等等。

反省、道歉、補償，我認為這三項是道歉的必要條件。

- 反省，也就是發自內心覺得對不起他人並且認錯。
- 接著，向對方道歉。
- 然後，補償對方所受到的損失。

如果沒有滿足這三個條件的話，便稱不上是一個成熟、誠懇、公開的道歉方式。認為道歉後就沒事的人，沒有考慮到「反省」與「補償」；而馬上就想要用金錢來解決問題的人，也跳過了「反省」與「道歉」的步驟。

在第一篇道歉文的例子中，讓人無法釋懷的原因在於，作者雖然道歉了，但卻感受不到其反省之心，而且也完全沒有提及任何補償措施。

道歉文特別容易受到環境氛圍和感情的影響，因此在構思道歉文時，必須要好好思考這三項要件是否有確實達到其功能。

舉例來說，當你無法趕到與朋友相約的地方時，你應該要採取什麼樣的道歉方式呢？

反省「讓你在寒風中等待，結果我還是沒辦法趕到，真是抱歉。」

⇧

道歉「對不起。」

⇧

補償「以後我會規劃其他有趣的活動，再邀請你參加，以補償這次沒有約成的遺憾。」

這是道歉文最基本的結構。

道歉文範本

我也不清楚自己到底寫過多少次道歉的文章了。

說來難為情，一開始我很不喜歡因後輩或其他工作人員造成的疏失，卻要當成我的過錯去向他人道歉。另外，有些時候很明顯是對方的問題，卻要別人來承擔。也有些時候，明明在自己的認知範圍內其實毫無缺失，但由於漫長的職場生涯中，不好貿然壞了關係，因此不得不在當下認錯道歉。像這種時候，我會徹底站在對方的角度去看事情，從對方的邏輯來書寫道歉信。不過有的時候，當我很謹慎地書寫道歉信時，內心仍有「但是對方也有錯啊」的想法，因而很迂迴地把這件事也寫進去，結果卻造成對方更加生氣。這種雖然道理上略勝一籌，但卻完全不適用的情況，也是所在多有。

遇過太多種不同的道歉案例，而每一次也都要寫下許多不同的道歉信。在一次次書寫中，我發現到一件事，那就是不論哪一種狀況，自己這方一定多少有些疏失，而且沒有找不出原因的過錯。

很不可思議地，一直到我察覺到這層「核心」概念之前，總是沒有辦法完成文章。寫著寫著，始終會產生哪邊怪怪的、不太對勁的感覺。

因此，要一步步地修正內容、變換用語、並且尋找適當的詞彙來書寫。當時在我的內心裡，不斷上演修正自我思考模式的戲碼，想著若是自己去頂罪的話，必須要自己想辦法洗白回來；若是甩開責任心慌亂地逃離的話，也必須要自己想辦法圓回來。

最後終於寫好一篇自己也認同的文章時，便了解到其中的核心概念：「啊啊，原來如此！我在這邊也有做不對的地方。」這個瞬間使我充滿了力量。

在有了多次經驗後，我的道歉信自然而然地開始形成一套自己的格式。

接下來，我會將這套格式當作道歉文的範本或大綱，來為各位做介紹。實際上，在開頭的第二個例子，便是按照這套邏輯架構所寫出來的文章。

〈道歉信範本：大綱〉

道歉

在職場上，經常會使用到「深感抱歉」這句話。道歉信的第一步，用向對方深深一鞠躬的心情，誠摯地跟對方道歉。

從對方角度來看

在這個階段，要徹徹底底地站在對方的立場來看。從對方的視野、對方的狀態、對方的優先順序來看這件事情的話，會是怎麼樣的情形？盡可能去想像對方受到了哪些困擾、心境如何變化，並且具體地將其寫出來。

積極認錯

給對方帶來不便、使對方蒙受損失這件事，毫無疑問地，必須要積極承認自己的錯誤。

查明原因

為什麼會發生這樣的事情呢？應該冷靜地從各面向來分析原因。只不過，在最後要寫成文章時，僅保留「由於自己本身的哪一種疏忽、能力不足而造成問題」的這種觀點來書寫，其餘部分捨棄即可。

這邊必須注意，要再次審視文章做自我檢查，不要把藉口或自己的情況寫得太過冗長，也不要把原因美化得合情合理。

表達未來要做的修正

為了不要再發生一樣的事情，要做哪些事、要怎麼改變？不是光只有喊口號，要具體地寫出何時、何人、做何事、有何改變等。並且確實自我檢查，如這些改變是否有效防止錯誤發生、或事情發生時能否負起責任等。

表達該如何補償

寫下該如何彌補對方所蒙受的損失，不僅僅只看到眼前能馬上補償的事物，要以宏遠的眼光來看，並且從「讓未來職涯以及與對方的關係更好」的觀點去思考，寫下自己真正能夠做到的事情。希望各位可以在此處多花一些功夫、發揮創意。

道歉信中，絕對不要提到任何其他要求，連季節的問候也不需要。

由於是寫道歉文，因此不能廢話連篇，但是要注意不要讓對方產生不愉快或是不開心的心情。如果能夠讓對方在閱讀之後，留下正向、爽朗的心情，是再好不過的了。

升級重點　道歉文的第一人稱

道歉文中的「第一人稱」，請注意不要使用我們、敝人、敝公司等用語，一致以「我」來代表就可以了，因為是「我所做的事情」。

你現在正在寫哪一種道歉信呢？我認為，不單單侷限於道歉信，當你能夠寫出自己認同且能傳達給他人的文章內容時，在那背後一定有你獨特的完整思考模式。把那套思考模式留下來當範本，是很不錯的方式。

把能獲得成功經驗的邏輯架構保留下來，當你再次遇到難題而手足無措時、需要快速的溝通模式時，這些都能夠成為一個明確的路標，為你指引出正確的方向。

實踐六　電子郵件——
讓書信溝通更順暢

隨著電子郵件的發展，透過文章與他人交流變得越來越便利了。與親筆書寫一封信所需要的時間相比，使用電子郵件寫一封信要來得輕鬆多了。這是為什麼呢？首先，是因為不用太講究文章的完成度也沒有關係。把自己想不透徹的事情，透過詢問對方的方式，來獲得相關知識，從與對方一來一往的問答中，就能夠一起決定某一件事。文章的表達方式與過往書信相比，也因為非常近似於口頭用語，因此給人一種平易近人的感覺。

然而，這同時也有陷阱在裡頭。「簡單輕鬆就可以」，「不等於即使難懂也沒關係」。一旦鬆懈了書寫文章時該有的警戒心，這篇文章對讀者來說，將變得難以理解。

而電子郵件最大的問題，便出在將這類型的文章大量且頻繁地使用在雙方一來一往的通信對話中。

郵件的基本原則是「讓人理解」。不論是短短數行的文字、書寫好幾頁的內容、官方回答、個人信件等，這個原則都不會改變。

在這邊，跟各位介紹如何寫出「讓人理解」的郵件的祕訣，請牢記於心。

郵件就像「蹺蹺板」

你是否也曾有過這種經驗：明明不是什麼太困難的內容，但是收到的郵件卻讓人丈二金剛摸不著頭腦。這封信讓人難以理解的原因，究竟是什麼呢？

決定文章是否好理解的關鍵因素，就在於文章作者是否有進行「思考」這件事。「思考」，其實是一件很麻煩的工作。寫出讓人難以理解的文章的人，他們把兩件事搞混了，亦即「輕鬆地書寫文章」與「不思考就寫文章」這兩件事。如果寫文章的人省略掉思考的步驟，只會讓對方看不懂文章內容導致難以理解，不過，相反地，寫文章的人確實做到思考這一步的話，就能夠寫出不造成對方負擔且好懂的文章了。這就好似蹺蹺板一樣。

因此，當一個人寫了一封電子郵件而欠缺思考之時，一定會讓某處的某人傷透腦筋，苦惱於「這個人到底想要表達什麼？」「他希望我做哪些事情呢？」的情緒中。

那麼，一起來看以下具體的事例。

〈難以理解的郵件　例〉

主旨：「封面的熊」

給越智前輩：

　我現在是在出差的地方給您發這封信，目前腦袋裡一片混亂，寫出來的內容可能會變得讓人難以理解。

　那個正在進行的企劃案，我覺得有點不太行。我去拜訪客戶，首先他們看到了企劃書便提出疑問：「以熊為封面，是不是跟其他公司撞圖了？」

　嗯，不過，除了這個以外，整體來說是沒有問題，客戶也都明白，我想那應該不是個太大的問題啦。

　另外客戶也提到了費用的部分。設計公司提出指謫說；通常設計案的價格應該要比我們開的價格高出一倍不是嗎？

　不過，到了明天，幾乎一切都可以定案。我們公司的預算，一開始就設在比較低的價格對吧？的確，夏天發行刊物的時候，也有其他的設計公司提出相同的指謫。話雖如此，不過現在預算應該也無法增加了吧，設計師的工作幹勁也會受到預算影響對吧？這樣的話，不知道還能不能激發出好的創意點子呢？

　一不小心就寫得太多了，內容越講越奇怪真是不好意思。不過，檢討公司的預算是未來必須要做的課題對吧？

田中 迷留

作者如果書寫時不加以思考的話，寫出來的內容就是如此典型地讓人難以理解、讓讀者困惑的文章。

為了要讓內容比較好懂，一定要經過思考，這是不可或缺的過程。所謂思考，如果是在一個書寫郵件的場景，那便等同於「做決定」這件事。跟著如下的步驟，一起來決定應該要如何做決定吧。

步驟一　決定你最想說的話

要讓郵件明白好懂的最低限度的關鍵點在於，決定你最想要說的話並且將其寫下來。田中先生的信件寫了許多事情讓人不好理解，但看起來問題點似乎是圍繞在「預算」上面。最後他寫到「檢討公司的預算應該是未來必須要做的課題對吧」，這個充其量只是他個人對於現狀的認知而不是自己的意見。「我認為預算有點低」，這樣子的想法也還是略有不足。因此，必須要不斷反覆詢問自己：「那麼要怎麼樣來做呢？」至少要問到能夠說出「由誰來採取什麼樣的行動」這答案為止。這時候，就要來決定下列事項：

一、我認為預算有點低，但是還是想要維持現狀。
二、我認為預算有點低，所以想要增加預算。
三、關於預算部分，我自己實在沒辦法拿定主意，想要跟前輩商量一下。
四、關於預算部分，我自己實在沒辦法拿定主意，想要請前輩做決定。

三跟四看似好像沒有一個結論，不過卻表明了「自己無法決定」這件事，因而提出希望某人可以怎麼做的建議。這樣子，一個意見便成立了。

在緊急的郵件中，請把自己的意見明確地寫在文章開頭處。就算對方看到一篇冗長的文章，只要把最重要的事情放在文章一開始的地方，那麼對方就不會錯過重點了。

我先說結論，我想要請公司提高設計的預算費用。

用這段話做開頭，就不會有問題了。

步驟二　決定論據

「意見／論據」原則即使拿到郵件中來看，也是一樣的。把意見先寫在文章開頭處，接著只要說明合理的原因就可以了。

如果有好幾個論據的話，請決定其先後順序。簡潔的郵件會讓對方感覺親切，因此，如果其中有一項具決定性的關鍵論述，那就可以盡量集中火力在那一點上。

若你覺得只有一個論述太薄弱，必須舉出數個來加強的話，也盡可能濃縮數量並決定先後順序後再來書寫。以寫論文來說，排列方式是先將排名順序較後面的項目寫出來，再來是較前面的項目，而在結尾部分製造一個具衝擊性的結論，效果會很不錯，以寫郵件來說的話，把想要讓對方知道的重要的事情寫在前頭，是比較謹慎且穩健的做法。與其他的寫作方式相比，讀者那方會比較輕鬆，也比較不會一直帶著緊張感讀完整篇文章。

回過頭來看田中先生的狀況，其論據也會根據他最後決定的不同而有所改變，亦即其論述將因選擇上面一至四項的不同而跟著改變。

- 因為預算偏低，導致對方抱怨
- 從市場行情來看，公司內部標準偏低
- 預算多寡會如何影響所設計的商品

從這三點該如何來衡量，透過思維與討論的過程，便能夠整理出論據。

好的，完成這一步，也就是決定好意見與論據之後，大抵就是一篇「能夠理解」的郵件了。

升級重點一　決定對對方而言的意義

在電話留言本或傳真紀錄單上，都會看到單子上頭印好有「請立即回電」或「請回信」等確認欄位的字樣。這些單子只要畫個記號，就能夠讓受話者或受信方了解該如何處理接受到的資訊，相當便利。

由於發送郵件操作起來很容易，所以一個人所接受到的信件數量就會很多。

因此，當你選擇使用郵件，而對方可能會收到比電話與傳真數量還要多的訊息時，在信中告訴對方希望他怎麼處理這封郵件，是郵件基本禮貌上特別重要的部分。

假如依照例一的原文來看，前輩應該會產生如下的煩惱：

「他是在問我要怎麼辦才好嗎？我可以只問他現狀如何就好嗎？他需要我回信嗎？」

而為了不要讓讀者有這樣的困擾，重點就在於作者應該要決定這封信對對方來說，具有什麼意義？是單純的業務報告、或是要討論工作、還是要拜託對方幫忙呢？再來，當對方收到這封信後要怎麼做比較好？是只要把信看過一遍就好呢？或是要提供建議比較好呢？又或者是要幫忙做決定呢。另外，什麼時候以前要回信、要採取什麼行動比較好，也都必須考慮在內。

讓我們來看一下，考量了這些因素後的例文會變成什麼樣子。

〈對對方來說具有什麼意義　例〉

◇越智前輩，我把今天出差的業務狀況跟您報告。您過目即可，不需要特別回信。

◇我想跟前輩討論有關預算的部分。七點左右會與您電話聯繫，想討論以下的事情。

◇有關預算案，有件事想要請前輩幫忙，所以寫了這封信給您。百忙之中打擾真是抱歉，若是可以的話，請今日下班前回覆是否可行。（標註為高度重要信件後寄出）

◇這封信單純是我對於出差的心得。如果您業務繁重，可以快速瀏覽過去也沒有關係。（標註為低度重要信件後寄出）

若能夠先做好這個部分，至少對方就可以放心，不需要太過聚焦在自己是否要做什麼反應而手足無措。

「對對方來說具有什麼意義」，可以寫在郵件的最開頭或意見之前，也可以與意見寫在一起，比如：「我想要增加預算，所以寫這封信請您幫忙……」

另外還有兩個地方，只要增加一點點「決斷」的感覺，就能讓文章更好懂。

升級重點二　讓對方秒懂的標題

有許多人不太思考郵件的標題（主旨），姑且都用「聯絡事項」為題。然而，在不同的職場環境裡，也有許多人每次在確認郵件時，總是會有多達數十封以上的未讀信件等待處理。請試著想像一下，在收信匣內有數十件同樣標題的「聯絡事項」並排在一起的狀況。當對方在會議空檔之間，想要打開緊急郵件來看時，面對這種狀況，將無法辨識信件的優先順序。結果，對方還是必須要一封一封地開啟，才能夠知道內容是什麼。

如果能光從信件標題就知道內容寫些什麼，並掌握緊急程度與是否需要回信等處理方式，對對方而言會是一封非常親切的信；同時，自己想要傳達的事情也能在對的時機點確實傳達給對方，讓對方讀取信件。因此，沒有理由不好好活用標題。

就這一點再回來看，例一的標題「封面的熊」完全沒有發揮任何作用。這個標題給人一種作者只想到自己的事，好像在喃喃自語似的感覺。而且，與作者想說的主題無關，對對方來說，只是一封毫無意義又難以理解的信而已。

閱讀電子郵件的那一方，手邊還有許多大大小小的事情等待處理，不是只單純負責作者一個人的事。因此，標題必須要以更為客觀的方式來呈現。就像把攝影機鏡頭盡可能地拉遠，從遠方來拍攝自己，以這樣的感覺去思考自己所寫的這封信，對對方來說，會看到一種什麼樣的景象呢？

即使將標題改成「預算」或「請求」，對方也無法立刻了解是什麼樣的預算、或是什麼樣的請求。請具體寫出像「秋日特別篇的……」等這種明確範圍的架構，或是業務內容、商品名稱、企劃名稱等。

如同第二章的「議題」中所提到，一般的情況，標題都是用「議題」來表示。所以回到這個例子，標題就會是「秋日特別篇的預算應該增加嗎」。只不過，在寫電子郵件時，要加上「對對方來說具有什麼意義」會比較好理解。

「特急件！請求增加秋日特別篇預算（請務必回信）」

「秋日特別篇的業務報告（文長，請有空時過目）」

像這樣的標題，結合了「議題」與「對對方來說具有什麼意義」兩項功能，盡可能以客觀的表現（拉遠鏡頭）來陳述，這樣就很好了。目標是要讓對方看過一遍就能夠了解信件內容以及該怎麼做。

從以上的重點，來重寫一下例一的文章內容，如下所述。

主旨：「特急件！請求增加秋日特別篇預算（請務必回信）」

給越智前輩：

有關秋日特別篇部分，請麻煩增加預算。
事發突然真是不好意思，晚間七點左右我再用電話與您聯繫。如果能夠聽到您的意見，就太感激了。

我先從結論說起：
希望增加設計費十五萬日圓。

最大的原因是，
因為我原先設定的預算，與業界平均金額相比，有點太過低廉了。
附件是我調查目前業界的行情一覽表，請您過目。
客戶也對我們提的預算有些不滿，
我認為維持原本預算的話，將會造成客戶工作士氣下滑，
連帶地也會影響到商品品質。

預算增加的部分，可以從一般刊物的預算去做刪減調整，
我現在正在做計算，
之後再致電給您，與您討論。

承擔責任的感覺

田中 迷留

請比較一下改寫前與改寫後的文章。改寫後的內容提出了許多不一樣的重點，而最大的不同，則是作者的中心思想改變了。

原文內容是建立在不滿的情緒上，另一方面，改寫後的內容，其文章的內涵則包含了「獨立意識」。

要寫出一份淺顯易懂的郵件，最大的祕訣就在其中心思想。換句話說，把自己所能想的事情先仔細思考過、能決定的事情先決定好，然後，整理好自己的心情以承擔任何可能會產生的結果。比如說：

> 之前提到的截止日，到底是到哪一天呢？請您盡快告知我。現在是非常忙碌的時期，未來工作量也會倍增，我已經能聽到自己內心在哀嚎的聲音。如果這件事情沒有定案，就沒辦法採取任何行動。

郵件中最忌諱書寫抱怨或牢騷。能夠接受工作的話就接受，如果工作量太多想要離開的話就離開。以「何時」、「是誰」、「怎麼做」為基本要點，負起思考的責任，並提出有自己風格的結論。像是以「提案型」的方式來書寫郵件，就是很好的方式：

之前提到的截止日，我希望能夠把交貨日訂在九月二十五日。因為我認為若能提早開始動工的話比較好，而我目前也正朝這個大方向前進。不過，假如這個日期不適合的話，希望請您明天撥個電話給我，我們一起討論，那將會幫了我一個大忙。還請您考慮一下。

接下來，再花一點功夫在下一個段落提到的文章表達上，這封郵件將會顯得更加負責且清楚好懂了。

不使用被動態、以人為主詞

主詞要明確清楚，然後盡可能以人為主詞，只要注意不要使用曖昧地被動態語句，整篇文章的氛圍就會改變。比如在不良示範中：

到了明天，幾乎一切都可以定案。

到了明天我們將會決定大部分的事情。

⇦

另外也提到了費用的部分。設計公司提出指摘說：通常設計案的價格應該要比我們開的價格高出一倍不是嗎？

⇦

設計師高橋先生向我提出指摘，通常設計案的價格應該要比我們開的價格高出一倍。

當主詞曖昧不清時，也就代表責任區分也會跟著曖昧不清。無法承受風險的人，大多都會使用被動態來陳述。

目前腦袋裡一片混亂，寫出來的內容可能會變得讓人難以理解。

⇦

我目前尚未整理出一個頭緒，從現在開始我所寫的內容可能會有點難以理解。

（這樣的話，就會意識到要先自己整理好思緒再寫）

我們公司的預算，一開始就設在比較低的價格對吧？不過，檢討公司的預算是未來必須要做的課題對吧？

⇩

我依據我們公司的標準，觀察了業界的行情，發現我們公司設定的預算的確低於市場行情許多。不過，關於預算的部分，目前△△必須要多加探討才是。

（藉由思考△△的主詞是誰，就能讓負責單位、行動主體更明確。此例中是「我」）

透過學會以人為對象來書寫的習慣，便能夠寫出清楚好懂的文章，這是因為你培養了把自己當作行為主體並且承擔責任的好習慣。

第四章

獲得更大效果的技巧！

——進階篇

書寫文章時，有時會出現一些沒有直接關聯的事項，不過，為了增進溝通的效果、獲得更好的工作成果，以下這些技巧你一定要知道！

好的，到前一章為止，我們提到了日常生活中能有效發揮文章功用的寫作技巧，各位應該大致上都能抓到重點了。在第四章裡，讓我們一起來掌握能夠更有效、獲得更明確的結果的進階技巧吧。

書寫文章時，有時會出現一些沒有直接關聯的事項，不過，為了增進溝通的效果、獲得更好的工作成果，以下這些技巧你一定要知道。

Lesson 1 「以退為進」的傳達技巧

請看一下這個場景。

在東京近郊的某家咖啡廳裡，正值午後時分，客人較少。有一對很明顯從其他都市來的老夫婦，靜靜地在座位上等待。

無論他們怎麼等待，也不會有服務人員過來點餐，因為那是一間自助式的咖啡廳。

對在東京生活的人們來說，像星巴克、羅多倫咖啡（Doutor coffee）等這些再熟悉也不過的咖啡廳，都是採取自助式服務；但是，在我的鄉下老家，卻看不到任何一家類似的店。

在一般的茶館、咖啡館內，服務人員會到桌邊來點餐，用完餐再結帳，對當地人來說，這樣的模式是他們習以為常的生活常識。

如果店家能夠為第一次前來用餐的客人，在店頭放置一塊告示板作說明的話，如「請先點餐，取餐後再入座」，應該會有不錯的效果。

不過，對於已經很了解遊戲規則並且視為理所當然的人們，就會很難想像「居然有人不知道」這件事。

而這種由於客人不清楚服務模式，因此被擱置在一旁不管的情形，在我們每天的日常生活、店家服務以及人際溝通上，都一再地發生。

為了不要讓即將閱讀你的文章的讀者，發生這種被「束之高閣」的狀況，我建議可以「後退兩步來看」。

「從他人角度來看自己所寫的文章覺得怎麼樣？會覺得奇怪嗎？」用退一步的觀點去檢查自己的文章，這是任何人都會做的正常的確認步驟。這邊請注意，不要僅停留於此，請再往後退一步，想像一下「自己認為理所當然的事情，卻有人無法理解的話，該怎麼做比較好」，試著思考這件事情相當重要。

請預先假設某些人無法一開始就進入狀況，而為了讓那些人能夠順利進展，請在文章內容中幫他們準備好可迅速掌握情況的解說事項，或是能協助他們進行下一步的東西。

如果能夠順利操作以上步驟的話，相信你的文章將會大幅地進步，文章內容也會變得清楚好懂。

首先，讓我們來看看以下這篇商業書信的例子。

〈業務部門的業務報告〉

我是業務課的紺戶，在此給銀髮事業部的各位一同發了這封信，今天我要跟各位報告一個令人開心的好消息！

A商品本期的銷售額，居然達到了八千七百四十萬日圓！感覺要達成一億日圓的這個數字，也不再是遙不可及的夢想了。我們辦到了！

若沒有經過具體地歸納整理的話，很難說出一個確實的成功的原因是什麼，不過，在超級市場賣場內的示範叫賣方式，發揮了小兵立大功的效果，這正是業務課的獨到眼光。

目前，我們業務課正在籌劃下一期的行銷策略。下一期的改良重點，將會放在店鋪的數量上，我們預計把超級市場賣場內的示範叫賣，推廣至全國五百家店。

希望能夠聽聽事業部的各位對於這個構想的想法，有任何意見或要求，請不用客氣儘管回信至我的信箱，我會非常開心得到大家的協助。

業務課的紺戶先生，並沒有使用專業術語，而是用淺顯易懂的話語來表達，這是不錯的一點。不過，仍有地方需要注意。

文中提到的「下一期的改良重點……」是指「從現在開始」的事情；那麼，「直到現在為止」的事情，又經過了什麼樣的過程呢？

共享上一個過程

要討論「今年」的事情，請一併提到「去年」的事情；要討論「下一期的策略」，請一併提到「這一期的策略」；想要獲得意見的話，請提出「問題點」。像這樣子，與對方共享上一個過程，這個步驟絕對不可以省略。若是突兀地提到某個數字，如：

本期的銷售額，居然達到了八千七百四十萬日圓！

即使加上了「驚嘆號」，對於讀者來說，仍然無法了解這是多麼厲害的數字，只會在心裡產生「問號」而已。因此，為了對比本期的數字，請加上前一期的數字。像這樣：

本期的銷售額，達到了八千七百四十萬日圓。
（前一期為四千九百六十萬日圓，提升了七十六・二％）
在超級市場賣場內的示範叫賣方式，發揮了小兵立大功的效果，這正是業務課的獨到眼光。順帶一提，前一期只有使用平面廣告的行銷方式，本期除了活用過去的做法，也首次決定在全國一百家店鋪進行示範叫賣活動。

可能在紺戶先生的想法中，認為大家都隸屬於銀髮事業部，所以至少應該會知道主打商品A商品的銷售額吧。然而，即使事實是如此，但若能夠加上前一期的數字，提醒對方「前一期的銷售狀況如何」，這樣做不但可以節省回想與調查的時間，而且對對方來說，這篇文章也馬上變得簡潔好懂。

此外，雖然紺戶先生想要透過郵件收集公司其他員工的意見，不過，若按照原本的內容的話，可能也只會得到「不錯啊」的這種意見。

如果想要激發對方提供一些意見或想法，務必要先共享「問題到底是什麼」這件事。舉例來說：

下一期，預定要將推廣示範叫賣的店鋪，從目前的一百家拓展至五百家。不過，示範叫賣的成本是一項大問題（請參考附件表格）。即便是我們營業課內部也產生了意見分歧的狀況，有一派認為把現有的成本運用在其他商品的行銷上面比較好，另一派認為可以藉此機會，一口氣提高主力商品A的銷售額。請將您認為較好的做法，以及支持該做法的理由，以郵件回覆我即可，希望能夠得到各位的意見，不勝感激。

只要你在共享「問題點」的時候沒有輕忽大意，那麼，好的「意見」自然而然地就會回到你身邊。

學習者的不安心情

接下來，請想像一下「指導對方」的場景。比如像是新進員工訓練、工作事項說明、才藝指導等，不論是多麼瑣碎的事情，要指導某人做某事，這件事本身就是相當花費心思的任務。而且，若是要用文章來指導的話，難度又會更高。因為，必須要在有限的時間內，鉅細靡遺地告訴對方許許多多的事情。

從前，當我去某高中協助有關資訊的課程時，有學生問了我這個問題，「之前做了問卷調查，這次也有做，可以請老師告訴我們做兩次問卷調查的意義是什麼呢？」

那所學校的學生，對於要寫不知道有什麼意義的作業感到非常排斥。但是，一旦他們知道了做那件事的意義為何，並且能夠接受，他們就會自動自發地開始持續學習下去。

這些學生對於作業的意義有所懷疑，並且勇敢地向老師請教，我看到他們這樣的態度，內心覺得非常感動。

此外，由於他們也是應用能力極強的孩子，想要用自己的方式來學習更多事物，若是被限制一定要按照學校的流程走，或強迫要用學校的做法的話，他們對此也是非常反感。

在我們的日常生活中經常可以看到這樣的場景，教導的這一方理所當然地開出各式各樣的作業，而學習的這一方則是默默地全盤接受，然而學習的這一方，其實充滿著諸多不安心情。只不過，由於教導者也必須要在有限的時間內，教導所有大大小小的事，身處這樣的環境下，除了重點以外，不可能去解釋到所有事情的含義。那麼，在教導的時候，要注意哪些事情比較好呢？

明確傳達最終目標

教導者可以看到自己的最終目標，但學習者並不會了解教導者的最終目標到底是什麼。「做這件事有什麼意義嗎？」「真的能有效提升實力嗎？」「說到底，跟著這個人來學習沒問題嗎？」等等，諸多不安都會大幅影響學習者的士氣。

因此，在一開始的時候，教導者與學習者彼此共享學習的目標，會是一個很好的方式。舉例來說，在這兩年的研修時間內，我們要完成什麼什麼……，或是一個月後、三個月後、一年後……，我們希望達成什麼樣的目標。

又比如，在寄送新進員工訓練說明事項的時候，不要用「明天有一場關於書寫企劃書的工作訓練，請先完整閱讀附件資料」的方式，而是用「明天那場僅兩個小時的工作訓練，可能無法讓你成為書寫企劃書的專家，但至少你可以了解企劃書是在講什麼，我們的目標是要『學習靠自己就能夠將企劃案所需要的資料準備齊全』」，像這樣自然而然地提及所設定的目標，學習者應該就能快速進入狀況，同時也會比較有幹勁。

這不僅僅只是單純事先告知教導者所要教授的內容，從這邊再往後退一步，連教導者的最終目標也一併傳達給對方，這就是「以退為進」的傳達技巧的第二個技巧。

特意製造一個從外行人來看的視角

接下來，要介紹「以退為進」的第三個技巧，我想從我自己的經驗說起。

從前，我在編纂高中生論說文寫作方式時，曾經選擇與麥克安迪先生的《默默》一書（以時間為主題的奇幻小說）有關的題目。當時團隊規模約是四人左右。

編輯部的同仁們每一位都充滿著工作熱忱，理所當然地每個人都熟讀了麥克安迪先生的《默默》一書，連其他作品也都全部讀過。

在當時，我突然對大家說「只有我沒有讀完《默默》這本書」。這是因為，要從一本長篇小說中選擇用來當作題目的段落，至多也大概只會有兩頁左右。對於沒有讀過這本書的學生或不清楚故事前後關聯性的人來說，勢必也只能靠這兩頁被節選出來的內容，來進行解題的任務。此外，對於那些沒有讀過《默默》的學生們，在指導他們論說文寫作的時候，也必須更加留心使用讓他們更容易了解的說明方式。

假如，編輯部的全體同仁都對《默默》一書相當熟悉，那麼就會失去一個從未讀過這本書的人的視角，亦即無法了解沒讀過本書的人的想法。這是我最擔憂的一點。

成為了專家之後，往往無法了解那些不懂的人們所抱持的心情。一心想著「為什麼？哪裡不懂？怎麼會？」將會喪失對於不懂的事物的想像力。

因此，請在自己心中特意製造另一個視點，用客觀的角度來看事情，也可以向外行人請教等，你必須要付出相當的努力，以了解這些不懂的人們的內心狀態。

即便如此，當自己仍然無法掌握「不懂的人的視角」的時候，可以在不懂的人們與非常懂的自己之間，找到一個能夠居中協調的人（中介者）。舉例來說，你一定有聽過這樣的事情，在教導新進員工業務內容的時候，資深前輩講了三遍都還不懂的事，改由進入公司服務剛滿一年的前輩來指導，新進員工很快地便知道要怎麼樣執行。這是因為，當那位已在公司服務一年的員工，回想起一年前什麼都不懂的場景時，一切對他來說都仍是記憶猶新。請中介者先閱讀你自己所寫的文章，然後指出有哪些難以理解的地方就可以了。

若是請太過專業或是太深入探討的人們來做說明，將會更難以理解。

舉例來說，假設想要給雜誌的「環境問題」特集下一個標題，對這議題太過深入研究的人，可能會選擇以「大量生產、大量消費、大量廢棄之罪惡」當做標題。如此一來，讀者將很難在第一時間內消化吸收進去。

讓我們往後退一步，選擇用「造成當前環境問題的原因是什麼？」當做標題的話，讀者就會了解到這篇文章是要探究環境問題的原因。

接著，再往後退一步，能明白了解這篇特集的功用的人，會花心思選擇以「快速讀過一遍，你也能學會，關於環境的小常識」當作標題。這樣的標題，連希望讀者採取哪些對環境比較好的行動的巧思，都蘊含在其中了。

即使不是編輯，只要抱持「給自己正在做的事情下標題」的心情，在傳達事物時將會很有幫助。

舉例來說，在發表會等公開場合時，會使用「接下來，讓我們談一談本商品的特色」的方式，表示話題的轉折點，就如同文章中會有一些過場說明放在本文「標題」與「小標題」之間。

若是一下子就講得太深入，像是馬上提到「接下來，讓我們談一談世界最快高速轉盤」的話，直接把商品特色說出來，會讓聽眾無法跟上整個話題的腳步。

此時向後退一步，改用「接下來，我要給各位介紹一個其他公司無法抄襲、只有本公司專屬的特色」的方式來說，聽眾一定很容易進入狀況。

再向後退一步，告訴聽眾「從現在開始，我要說的是本日發表會最重要的部分，請各位仔細聆聽，如果有不懂的地方，稍後隨時歡迎提問。本公司擁有其他公司所沒有的優勢，在於……」，聽眾不需要擔心發表會的內容順序、自己該何時提問等，非常方便。

要給業務報告或企劃書下標題的時候也是一樣。針對自己要說的話、要寫的議題、正在做的事情去下標題，而且，若能運用「以退為進」的方式培養出下標題的手感，將能夠更有效、確實地傳達給對方，並且達到期待的效果。

Lesson 2 製造動機

二十一世紀的人們，處於資訊爆炸的大海之中，天天過著忙碌度日、太習慣刺激的生活，對於從開頭處就讀來索然無趣的郵件，甚至會直接丟進垃圾筒中。要現代人把一篇很長的文章讀完，是一件非常困難的事。在此，介紹一些讓人們更願意閱讀的方法。

光有好內容，無法激發讀者想閱讀的心

在我擔任編輯時，為了讓那些比較不喜歡閱讀文字的年輕讀者，也能夠體會閱讀文章的樂趣，花費了相當多的功夫。不論是誰，都認為只要把文章的內容寫得很好，讀者就會去

閱讀。當我還是新人的時候，我也是很單純地抱持這樣的想法。因此，我聚精會神、專心地要把好的原稿編輯成更好的文章內容。而因為有了努力的意義，遇到編輯得非常好的原稿時，整個編輯部氣氛都熱絡起來，並且我非常有信心地對文章充滿期待，想著「肯定會吸引很多人來閱讀才是」。然而，當調查報告的統計結果出爐時，我抱著雀躍的心情去查看數字，結果顯示閱讀那一頁文章的人數並沒有增加。平常有閱讀習慣的人就會讀，平常不閱讀的人，即便是內容很好的文章，也還是不會去讀它。只不過有一點不同的是，讀過那篇文章的人，他們的感受比以往來得更為深刻感動，就是這樣一個結果。

在歷經了好幾次類似的狀況後，我明白了一件事情，那就是，雖然這一篇文章的內容獲得讚賞，不過光靠好內容，還是無法激發讀者想閱讀的心情。

人們在什麼時候會採取行動？

因此，我們試著詢問了那些買了雜誌但卻不太閱讀的讀者們，他們這麼做的理由為何。大部分的人都會不好意思地回答：「我知道文章的內容很棒，不過因為太忙了……」對於高中生讀者來說，如果文章內容是與明天即將到來的考試相關的話，應該就會迫不及待地拿起來讀吧。不過，如果文章內容是我所負責的「文化」與「環境問題」相關題材，那麼他們就會選擇「稍後再讀」。

從讀者的角度來看，若沒有符合日常生活中的動機，即使想讀但最後仍然不會去讀。

人類的每一個行動背後，大抵來說會有個「動機」存在，不論看電影或是購物，都存在著動機。反過來說，不管是多麼棒的東西，只要沒有動機，人們是不會採取行動的。

這時，我終於了解。「也就是說……原來如此！只要從製造對方的動機這一點，開始進行雙方的溝通就好了啊！」

我們要的不是讀者一口氣把文章全部讀完，然後來判斷文章好壞與否，而是要讓讀者當他一眼瞥過文章時，然後決定要不要繼續讀下去。因此，在最一開始的時候，如果能夠好好地將對方「想要閱讀」的心情激發出來，就能夠讓對方繼續閱讀文章，即使是很長的文章也沒問題。

所以，當我在進行編輯工作時，不論是一整本的雜誌，或是每一個小單元，我都會去思考該如何激發讀者的動機，然後再進行編輯。最後頗有成效，能夠百分之百完整讀完一整本雜誌的讀者，比往常增加了將近三倍左右。

能夠激發閱讀動機的寫作法

能否激發對方想要閱讀的動機，很多時候，文章的開頭是關鍵所在。當你在寫文章時，請試著思考：「以對方角度來看，要閱讀這篇文章的動機是什麼呢？」如果有很明確的動機的話，請寫在文章的開頭處。

舉例來說，即便作者在某長篇文章的結尾處寫道：「以上的內容，應該與你目前所煩惱的長期照護問題有關。」讀者很有可能不會一直堅持讀到最後面的那部分。所以要寫在文章的開頭處，像這樣：「以下的內容，或許會成為你目前所煩惱的長期照護問題的突破關鍵，文章稍微有點長，敬請參考閱讀看看。」

即使已經放上能激發讀者閱讀動機的標題，再寫個前導文加強一下也沒有問題。無論如何，若是沒有在進入本文前先做個宣告的話，文章將會變得毫無意義。

那麼，如果是想破了頭也想不到讀者的動機時，又該怎麼辦才好呢？此時請思考該如何讓對方產生「好想去閱讀」的心情，換句話說，就是要「建立動機」。

我所負責的主題中，像是文化論或日本人論等，成人或許會有興趣去閱讀，但對於高中生來說，卻是一點也不有趣的內容，所以我竭盡心力，就是為了建立他們閱讀的動機。以下便是當時我所使用的方法。不論哪一項方法，都請各位盡可能地擺在文章的開頭處。

（一）展現功效

請思考對讀者來說，讀了這篇文章後會有什麼樣的好處，並直截了當地告訴讀者。比如讀了這篇文章後，會在某種狀況下有所幫助，或者是學會了這樣的知識與技能，以往不懂的事情就會豁然開朗等等。盡量不要說對「遙遠的未來有幫助」，這樣子太抽象了，而是要展現馬上就能夠發揮具體功效的事情，後者對讀者的影響要來得更為強烈。

（二）連結與對方切身相關的話題

請思考目前對對方來說急迫且息息相關的事情是什麼，而自己所要寫的文章與這些事情之間存在著什麼樣的關聯性。從對對方來說急迫且息息相關的事情開始切入，接著再逐漸帶入自己想要寫的主題。

（三）連結時事的話題

請思考目前社會上最具話題性的事情或事件，而自己所要寫的文章與這些事件之間存在著什麼樣的關聯性。從連結時事的話題開始切入，接著再慢慢地帶入自己想要寫的主題。

（四）建立一個有趣且獨特的世界

所謂功效，亦即「有幫助」這件事，如果要透過講道理以發揮功效，其傳達過程是緩慢的，但若是激發心情與感性面的情緒，其傳達過程則相當快速。光從標題就能觸動人心的文章，不需要與其他功能相提並論，就能夠自然而然地吸引讀者閱讀。請讓你的文章散發出獨特世界觀的氛圍，激發讀者產生「這內容好像很有趣呢」的心情。

無法順利激發讀者閱讀動機的原因，常在於作者採用以下的論述方式：「不採取……行動的話，……就無法達成」。舉例來說，「如果不閱讀這篇文章的話，將無法跟上流行的熱門話題」，這種寫作方式，只會驅使讀者產生「閱讀文章是一種義務外加令人焦慮」的感覺而已。因此，請務必留意盡可能去激發讀者的正向動機，而非負面情緒。

Lesson 3 激發幹勁的指令下達方式

「最近，部下的眼神很沒精神。」

「才剛告訴部下要進行工作分配的事，突然間氣氛就變差了，若用發送郵件的方式，抱怨還更多了。」

「很難交派工作給部下，結果全部都自己攬在身上了。」

有著這些煩惱的領導者們，我能夠理解你們的心情。即使不是領導者的我，在日常生活中，比方說在職場、在家庭、在地方上或是社團活動等，也經常會向許多人下達指令，像是「這份工作要麻煩你了」等。

即便是交派同一件工作，有一瞬間讓對方喪失幹勁的表達方式、也有即刻就振奮人心的表達方式，這兩者之間的差別是從何處產生的呢？

以意義、流程、關係來傳達

要激發出幹勁的關鍵點，在於要在「流程」與「關係」中說明想要請對方執行的事情，並請對方發現做這件事情的「意義」。關於這個過程，我會在以下做詳細解說。

突如其來的「為什麼」是很難回答的問題

當公司有人事異動或交派新任務時，此時任何人都想詢問的問題應該是：「為什麼會是我？」

雖然越是一本正經的領導者，越想要解釋「為什麼我會請你協助這份工作」的原因，但由於這個問題的難度過高，想要一次到位地歸納出一個結論，結果答案往往會被擠壓成「人手不夠、沒有別人」，或變成不知所以然的恭維話語「因為你工作上很能幹」，又或者用公司的邏輯去強行壓迫，到頭來導致「公司經營並不是以你為中心在運作」的反效果。

這種時候，請使用本書之前已提過好幾次的轉個彎原則，審視自己與部下之間的關係，並且拓展如下頁圖所示的視野看看，應該會有不一樣的發現。

擴大視野的思考方向

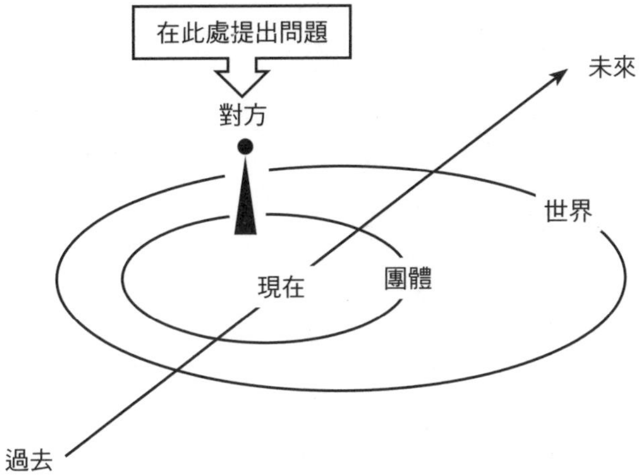

▲「過去→現在→未來」的時間軸與「自己個人→團體→社會」的空間軸。在向外擴大時間軸與空間軸的同時，定位出自己現在想要嘗試去做的工作。（「團體」的部分，可以是自己的團隊、部門、企劃案成員、公司等，請依照自身狀況代入並思考）

找出「關聯性」的六個關鍵點

昨天↓今天↓明天、我↓團體↓社會。當我們聚焦在它們之間的「關聯性」來探討時，就會發現它的「意義」。

思考相反的情況或許比較好懂，如果完全沒有「關聯性」，會是怎麼樣的情形呢？

「你過往所做的事情與你現在開始要做的事情，毫無關聯性。你現在開始要做的事情，完全無法對你的未來產生任何效益。」

「你現在開始要做的工作，完全不會影響到我們的團隊，也跟社會一點關係都沒有。」

在這種狀況下，要發現自身工作的意義，簡直難如登天。

當在告知人們新的工作分配時，若只是部分列舉出希望對方做到的事情話，這麼做是沒有辦法激發對方的幹勁的。對於一位領導者來說，必須要具備發現「關聯性」的力量。而找出「關聯性」的關鍵點，就在以下所述的六項要點：

流程（過去→現在→未來）

一、對方的歷史

對方過去從事什麼工作、現在擁有哪些無可取代的個性或特質、未來有什麼規劃？

二、團體的歷史

團體過去擁有什麼樣的背景、現在存在哪些問題或可能性、未來目標是什麼？

三、社會的歷史

整個社會過去擁有什麼背景、現在存在哪些問題或可能性、未來會演變成什麼情況？

關係（社會→團體→對方）

四、社會與團體

團體的應對措施與社會之間有什麼樣的關聯？

五、團體與對方

對方從現在開始要做的事情，對團體會產生什麼樣的影響？

六、對方與社會

對方從現在開始要做的事情，與社會（顧客）之間有什麼樣的關聯？

把從現在開始要交派的「工作」，放到以上六個視野來看的話，一定會在某處看到其「意義」。不一定要六個視野都有其意義，只要其中有一個有其意義，那就相當具有說服力了。舉例如下：

〈公司的流程×對方的工作〉

到目前為止，本公司皆完全遵照母公司的指示去執行，然而，未來預計會改變成以提案型的方式來做。由你來擔任與母公司之間的聯繫窗口，主要是希望能夠了解公司未來的走向。你的首要任務，就是要好好掌握與理解母公司所發生的任何狀況。

↓在流程這條主軸上，由於能夠看到與未來的連接點，因此這是合格的交派工作。

希望由你來擔任與母公司之間的聯繫窗口。好好聽取對方的需要與訴求，然後再回報給公司。盡可能多去母公司走動走動，雖然工作內容單調不複雜，但是你還年輕，希望你能在工作上多多加油。

→看不到完整的工作流程，僅有「片段」說明，因此這是不合格的交派工作。

〈社會×團體的關係〉

現在起要交派給你的工作，是有關於籌組地方上全新組織的工作，這份工作必須規劃適合五個不同地區的方案，然後向各地區招募當地願意協助的朋友，一起來建立一個全新的組織。在現代社會，人與人之間的關係逐漸薄弱，地方團體的功能難以發揮。這份工作的最終目標，是希望能夠建立地方上人們的聯繫網絡，若能夠成功達到目標就太棒了。

→能夠看到整體社會與此企劃案的關係，因此這是合格的交派工作。

Lesson 4 發現阻礙思考的關鍵點

某天我收到一封來信，信中提問道：「人們在談話的時候，如果這個話題無法讓彼此內心產生激盪的話，是不是就無法繼續討論下去呢？」

所謂「用自己頭腦來思考」這件事，也可以指自己腦海裡經常反覆在「動搖」的情形。沒有什麼絕對的狀態，反而是維持一種不穩定的感覺，人們配合自己內心或周遭其他人的狀況，做出對當下最好的判斷。

然而，這是一件非常辛苦的工作。因此，人們會想要停止這份動搖的感覺，想要坐在穩如泰山的椅子上，找到讓人感到很放心的狀態。

這便是「讓你思考停滯、阻礙思考的關鍵點」。

不論這關鍵點是大是小，每個人都一定會有自己的關鍵點。你的「讓你思考停滯、阻礙思考的關鍵點」又在哪裡呢？

讓思考停滯的一句話

每個人的「讓你思考停滯、阻礙思考的關鍵點」各有不同。以公司為例，高層的指示一出，幾乎很容易在公司內造成風行，比如說顧客至上主義、培養高利潤商品等。所謂高層，他們的任務就是傳達各項訊息，因此沒有太大過失。問題在於那些把高層的話視為絕對命令、並且以這些指令去強壓他人的員工。無論是在開會之中意見分歧時、企劃案下最後決策時、甚至是對部下說教時，他們完全不先自己去理解高層的指令意涵，而是一五一十強硬地搬出高層指示，要大家服從。

話一說出口，所有人都將無法提出任何反駁。我在民間企業服務時，看到其他員工用高層指示壓迫下屬，覺得手法很拙劣，但當我回過神來，卻發現自己也經常在做一樣的事。

在充滿魅力的人們周圍，也很容易發生這種讓人思考停滯的情形。當有人說「就像某某前輩所言」時，其他人便會同意這位具有向心力的人的發言。但若一般人以「我個人認為」說出相同話語時，總會擔心遭到他人反駁，此時如果能先提出「某某前輩也曾這麼說過」然後再繼續發言的話，便覺得自己能抬頭挺胸有自信地說出自己的意見了。

自己內心深處的正義，也很容易成為讓自己思考停滯、阻礙思考的關鍵點。

以我自己為例，在編輯教育類雜誌的過程中，我有著這樣的信念，「每一個人都擁有不可取代的特點，我要全力給予支持，讓他們能夠活用並且發揮其特點」。這件事本身並不是壞事，但是，每當我文章寫著寫著，腦袋開始疲累後，總會不經意地把結論帶往那個方向去。換句話說，就是變成這種「現在開始，我要努力發揮每一個人無可取代的特質……」，一篇有如超級傑出的資優生所寫出來的無聊透頂的文章。不僅文章無趣，也必須注意自己可能在無意識間，把「那些沒有積極想要發展自身個性與可能性的人們，他們的做法不好」的這種價值觀給帶入到文章當中，這點務必要留心。

其他像是「環境保護」或「男女平等」等太過正統的議題主張，若是自己太過倚賴這些主張的話，也很容易成為讓自己思考停滯、阻礙思考的關鍵點。

知識或統計資料，也是一項很容易成為阻礙思考的關鍵點。原本知識與統計資料，是用來當作協助推動「搖擺不定」的討論會的小幫手，可以靈活運用。但也是一種不讓對方有機會回答，用以說服對方的手段。在那一瞬間，自己內心的思考也停止了。

此外，在人們經常使用的話語中也帶有陷阱。曾有段時間，年輕女孩們流行說「好可愛」，不管是看到熊貓、看到阿伯、看到古早的茶壺，全部都用「好可愛」來表現。或許，當他們在說「好可愛」的那一瞬間，自己內心那份觀察他人的悸動，也跟著停止下來了。

當我還是編輯新手時，我對每一份拿到的原稿，總是給予「很棒」的評價。年輕時候的我認為，「真的很棒」這樣一句話就可以代表一切。但是過一陣子後，我發現自己是因為詞窮才躲進「很棒」的舒適圈裡。於是，我便開始禁止自己去使用「很棒」這個詞彙。

要自己不去使用「很棒」這個詞的過渡期非常痛苦，我必須花費更多的時間去理解原稿。比如說原稿有什麼魅力？為什麼有魅力？要用什麼詞彙去表達那層魅力？就在這時我理解到，原來這些都是我平常沒有去思考的事。

「很棒」就是讓我自己思考停滯、阻礙思考的關鍵點所在。

雖然現在我的詞彙量還是沒有增加很多，但在經過當時的訓練後，與從前相比詞彙量有著大幅度的進步。

不僅僅如此，我還發現到了一件事，那就是仔細閱讀原稿後會發現，即使是專業人士的文章也會有缺點。不過，專業人士的文章即便有缺點，但就整體文章來說，仍然擁有極高的個人魅力。同樣地，我也察覺到編輯的工作，並不是發現每一個缺點後然後糾正它、把內容弄得完美，而是要盡全力地去把該作者所擁有的魅力發揮出來，編輯工作就是要努力給予作者支持，不是嗎？雖然真的都是很細微的地方，不過，當我找到自己的思考停滯點後，我認真地鍛鍊自己，避免去碰觸到它。

因此，我對於思考停滯這件事特別敏感。在開會的時候、與人談話的時候，我有時候會狂妄地給對方下定論，如「啊啊，又把話題帶到另一邊去了……真可惜」，或「那個人只要一提到某個話題，他的思考就停住了……真是糟蹋了」。

在那一瞬間，我驚覺自己與對方之間也許會萌芽的可能性，就這麼硬生生被切斷了。而之後，也不會再去觀察與思考更多當前具有話題性的事物了。

那麼，讓你自己思考停滯、阻礙思考的關鍵點又是什麼呢？這個通常不太容易發現。讓人思考停滯的關鍵點就好像護身符般的存在，也正因為內心自認為正確的觀念已經深植於我們心中，因此總是會忽略，沒發現它的存在。

因此，我們更必須要經常進行自我檢測。可以從以下列舉的項目來問問自己：

〈發現阻礙思考關鍵點的提問〉

◇目前是否有自己能夠信任的人？是否曾經有過不先領略那個人所說的話，而直接向他人告知之情事呢？

◇在什麼情況下，你認為自己優秀而別人笨拙？

◇最近，你曾強力勸誡他人什麼事情？

◇在會議上或與人談話時，你是否會一直重複使用某些字詞？

◇在自己的言談中，會加上「絕對」這字眼的事情有哪些？

◇你自己的座右銘是什麼？

雖然這些問題只是冰山一角，不過應該足以察覺出自身思考是否已經陷入僵化。

第五章

邁向未來的成果

本書所提內容，不單只為了提升寫作能力，同時也與各種形式的「戰略性溝通」有關——清楚地描繪出目標，並且學習「了解對方的特質」以及「從對方角度看自己」，從中採取必要的「應對措施」。

Lesson 1 達成「戰略性的溝通」

本書到目前為止所提到的內容，同時也與戰略性溝通有關。清楚地描繪出目標、並且學習了解對方的特質以及從對方角度看自己，從中採取必要的應對措施。

過去的我言多必失，導致人們避我而遠之，我學習思考各項戰略，並且逐漸有了成果。即使對方是我不擅長應對的類型，我仍然成功完成了雙方的談判事項，透過這些順利完成的經驗，我也漸漸開始有了自信。

然而，這裡卻有著我意想不到的陷阱。花費心力在錯誤的戰略上，這份努力便是無效的。到底什麼樣的溝通戰略是有效的呢？我們一起來思考看看。

要忍氣吞聲還是被孤立？

以下的例子，是畫家橫尾忠則[7]先生在某公司擔任設計師時的親身經驗。

〈被委託客戶傷害了自尊心〉

……公司對外發表我的作品時，不知為何竟不是以我的名義發表，而是用團隊負責人的名字，這件事引發我內心極度的不滿。……委託客戶完全不願意聽取我的點子與意見，我就這麼被忽視了。可是當團隊負責人向客戶提出我的點子後，提案毫不費力地通過了。……

某天，客戶的話語冷不防地傷害到了我的自尊心。剛好他就站在一旁擺設照片背板的地方，於是我就狠狠地朝著他的頭使盡全力地揮了一拳過去。當下他抱著頭趴在桌子上無法動彈。我心想著，我居然打了客戶，我幹了很不得了的事了，該怎麼辦才好，這樣下去會被公司開除吧？只有開除也就罷了，我的設計師生涯應該就到此結束了吧……。

（節錄自《橫尾忠則自傳》，文藝春秋）

從前，在類似的場合中，我採取了完全相反的行動。由於客戶不斷避重就輕地逃避話題，根本無法進行討論。而對方就在這樣一步一步追問、被逼得走投無路之下，反而開始貶低起我身為人的價值。雖然在我的心頭深處，充滿著一股無能為力的心情，但是我的腦海裡，卻不可思議地保持著異常冷靜的心情。

「這次談判的最終目標，是要成功傳達我們這邊的訴求給對方，為了達成這個目標，必須要取得對方對我的信任。」

7 編註：日本知名平面設計藝術家，被譽為「日本的安迪．沃荷」。

我一直忍耐著對方所說的那些與最終目標無關的失禮話語，選擇使用積極向上的言詞來表達我的意見，同時一再重複這樣的話語堅持到最後。

最終，我的訴求成功傳達給對方，並且獲得對方的信任，我達到了設定的最終目標。

不過，就在隔天，我發現自己對於這樣的工作失去了興趣與熱情。不僅如此，我甚至發覺自己的生活能量有種好像已經萎縮了的感覺。就在當下，我察覺到了自己從那天與客戶的對談以來，一直縈繞在心頭難以消散的不協調感的廬山真面目。

我，選用了錯誤的戰略。

自從我辭去了私人企業的工作成為自由工作者之後，我使出渾身解數、拚命地建立他人與我的信任關係，當我從整體形勢來看時，我把我最希望獲得的結果放在最優先的順位，除此之外的事物我全部選擇退讓。我認為，如果破壞了雙方之間的感情，那麼，我想要傳達的訴求也就無法順利達成。因此，我壓抑了自己的感情，一再從對方角度來看事情，而我所說的每一句話，都是希望能夠獲得對方共鳴與信賴。

我過去認為，這樣做應該是正確的方式……。不過，與之完全相反的我對對方這個人的興趣、以及動力卻逐漸萎縮掉了。

「到底是哪個環節出錯了呢？」

在我詢問了一位值得信賴的朋友Ｊ之後，他向我提出了兩個非常棒的問題。第一個問題是，「人們常說女孩子們充滿正義感、總是說出正確事實，但事情進展卻不順利，為什麼會這樣呢？」當我聽到這個問題時，腦海裡便浮現以下的畫面。

〈我是正確的〉

某電視臺製作人比預定時間晚了一個小時才出現，姍姍來遲的他瞄了一眼我的履歷表後這麼說道：

「你的想法比你外表看起來還要更老派呢。」

那位製作人的企劃案，是由大家一起討論研擬出來的。於是我就說了：

「老實講這個想法已經過時了，只是一再地炒冷飯，而且也太瞧不起廣大的觀眾了。要說是哪邊出了問題的話，是什麼什麼地方……」

我有條不紊地做了說明。

即使時至今日，我仍然認為我當時的意見是正確的。

不過，卻惹得那位製作人大發雷霆、氣得直跳腳。

結果，我失去了好不容易才得到的工作機會。

製作人甚至自豪地說道。

「像你這種的編劇啊，可以取代你的人要多少有多少，果然讓好用好操的新人來做是對的選擇。」

我的人生，就這樣被孤立了。

就像人們常說的，「光靠正義是沒辦法存活下去的」。

發言太過於切中要點的人，是很容易被孤立的類型。我尤其不想成為這樣的人。於是我便回答J：

「你說的沒錯，但是，我不喜歡像你這樣想的人……。這樣子的話語不會改變任何現狀。我認為，必須要打動對方的心，才能夠獲得對方對自己的信賴、才能夠讓對方喜歡上自己這個人。至少，我會想要採取這樣子的戰略。」

於是，J又向我提出下一個問題：

「如果要獲得對方青睞並且有個好結果的話，應該還有更輕鬆的方法吧。為什麼山田要讓自己付出這麼痛苦且煎熬的努力呢？」

原來如此，還有更輕鬆更快速的方法。最近，我常看到以下的場景。

〈變得圓滑〉

即便是歷練豐富的老人家，也會打哈哈，順應著對方回答「是、是、好、好」，讓對方自己說出感興趣的事物。

趕快長大……，趕快變成傻瓜就贏了喔。

的確，這個方法比較輕鬆，也能夠快速得到對方的好感。不過，我卻怎麼樣都學不來這個方法。正因如此，我一直以來都是用思考、表達和交流來處理我生活中的大小事。

「不過，那是為了什麼呢？」

當我再次被問到這個問題時，我愣住了。我到底是為了什麼不選擇使用輕鬆的方法，卻要為了每次的談判與說服的問題，一再地煩惱、傷透腦筋、耗時費神呢？

為什麼，為什麼，為什麼……。

試問你自己，在有意識或無意識的情況下，你會採取什麼樣的溝通戰略呢？

是即使犧牲自己的感情，也要贏得對方的信任呢？或是即使會被孤立，也想要表達出自己想說的話語呢？或者要徹底變得更加圓滑呢？

你所希望的目標，真的是那樣的結果嗎？

名為「誠實」的戰略

「如果要獲得對方青睞並且有個好結果的話，應該還有更輕鬆的方法吧。為什麼山田你要讓自己付出這麼痛苦且煎熬的努力呢？」

對於J的提問，我瞬間愣住了。我的目標是給予人們支援，讓人們能夠靈活運用自己所擁有的思維能力與傳達能力。

我已經花了超過十五年的時間，拚命地為了這個目標在努力。的確，如果只是想要結果的話，還有更輕鬆的路可走。可是，為什麼我卻一直堅持要為了自己與他人，走這條耗費心力的路呢？我所期望的最終結果，到底是什麼？

就在那一瞬間，我存在的意義顯得搖搖欲墜。

「每一個人的內心各自有著無可取代的事物」。我才剛一開口回答J的問題，就心想，怎麼自己又老調重彈了……，不過這是因為自己真的是這麼想，所以也沒辦法。而就在下個瞬間，一不小心我就脫口而出這樣的話。

「……因此，我想透過自己的思維方式與人們有所互動。」

我自己這麼說出口之後，自己也覺得「原來是這樣」、「想要透過自己的思維方式」，與人們有所互動。自己的思維方式，也就是指從自己心中湧現出的印象、想法、思考模式等，而透過這些和他人進行談話、採取行動、與人們產生各種連結。

「這種方式，相當自由呢！」J邊點頭邊說道。

只說出自己的想法的話，將會被孤立。若是以自己的想法去採取行動，將會打動人心。或許有人會質疑，這樣子哪裡自由呢？不過，我卻覺得這樣子的做法，是以你個人的特質，真實表達內在自我來與外界溝通所得到的結果。我認為，能夠完全不需要靠偽裝自己來與外界溝通這一點，是相當自由的一件事。

那麼，是否只要不偽裝自己就可以辜負他人好意？就可以孤立他人呢？不是這樣的。

正因為如此，所以必須盡早開始，嘗試去表達自己的想法並且遭遇挫折和打擊，讓身體深刻記憶住這失敗的感受。藉由磨練自己的表達能力、積累成功經驗，一回生二回熟，你將逐漸學會以自己的想法去與他人溝通。我想要這種自由。這是為了達成目標必經的思考能力與表達能力的鍛鍊過程。

這樣的生活方式，與另一種由於對自己和他人等各種想法反應遲鈍，因而迎合人的生活方式，看起來相似但卻是完全不一樣的內涵。不惜抹煞自己的想法以獲得表面的成果，這種充其量只不過是在欺騙對方的方法，並無法得到任何內心的滿足感。坦率不偽裝的態度，才是面對對方的誠實之道，只有當你用這樣的方式打動對方的內心、喚醒對方潛力之時，才能夠獲得真正的滿足、以及與他人交流的樂趣。

在轉換跑道成為自由工作者之後的我，由於希望獲得他人的信任以及得到工作機會，我差一點就要迷失了自己「為何要選擇這份工作」的中心思想。然後，我採取了即便抹煞自己的感情與想法也要得到好結果的錯誤的溝通戰略。

於是，我再一次地下定決心，要對自己誠實，絕不再迷失自己與他人交流時所使用的戰略。我想，我要更加提升自己的思惟能力、盡力發揮自己的創造力、然後傳達給其他人。

此即「誠實」的戰略。

不論對話或是寫文章，我認為，「誠實」永遠是最有效的一項戰略。

剛剛提到的橫尾先生的故事，後續如何發展呢？讓我在這個段落的結尾告訴各位。

不論與客戶方的宣傳組負責人有著什麼樣的過節，一拳揮過去的做法實在太瘋狂了。即使立刻就遭到公司開除，也完全沒有反駁的餘地。

只不過，每當遇到這種狀況時，我的內心就像火山爆發所噴出的岩漿一般，一發不可收拾，總是會產生一股難以壓抑的衝動。……

於是，我打算從隔天便開始向公司請假，我的主管打電話告訴我，「這樣下去也不是辦法，總之你先來公司露個臉吧」，結果隔天我就被帶到客戶的總公司去向他們賠禮。

……穿過了建築物的某個房間後，這間房間所散發出來的那股老舊又沉悶的氣氛，讓我的心情更加跌落谷底。當我內心思忖著雖然有點不甘心，但若是道歉能夠解決的話，就決定這麼做吧，結果沒想到對方卻突然向我們道歉了起來。

「橫尾小弟啊，都是我不好，跟你說聲抱歉啦。」

我瞬間有種被當頭棒喝的感覺。而我的主管們也對這突如其來、角色顛倒的奇招感到相當錯愕震驚，每人臉上帶著不可思議的表情。

這件事情是一個轉機，不僅對方向我們道歉，而且情勢整個翻轉過來，反而對方把很重要的工作的一部分交付予我。

（節錄自《橫尾忠則自傳》，部分省略修改）

Lesson 2

所謂言語這不順手的工具

採取誠實的戰略，換句話說，也就是忠於自己，並以順利與他人互動為目標。

因此，為了達到這個目標，嚴格鍛鍊文章寫作技巧是必要的功課。為什麼呢？這是因為要表現出自己的誠實態度的地方，並不在自己內心，也不在紙張或是電腦上，而是在「對方的心中」。在這裡，有一道非常巨大的牆壁正擋在面前。

把自己所思考的事化為文字或語句後，多少會偏離原本的想法。

用言語這種不太順手的工具，來探尋彼此原本的真實感受，或許這正是人與人之間的交流方式吧。

這是一位少年觀護中心的法務教官曾經說過的話。這位教官讓那些犯罪的少年們寫文章，藉此讓他們反省與改正，並從旁給予協助及支援。這些話便是從那樣特殊環境的經驗下所產生的心得。

我們人類被賦予用來表達自我和與人交流的主要方式，正是這種名為言語的不順手的工具。

因此，當我們面對對方時，常會有一塊巨大的誤解牆擋在前方，將我們雙方隔開。如果彼此互相不了解對方的話，這面牆就會相當巨大，而隨著逐漸摸清對方的脾氣後，這面牆也隨之縮小，不過，語言的差異仍然不會消失。當雙方討論一件錯綜複雜的事件時，很有可能這面誤解牆會往不可思議的方向擴張出去。

前幾天，我與一位相處了六年、同時也是非常信任的朋友，產生了爭執。

我的朋友說「不需要獨立也沒關係」，而我認為「獨立是必經的過程」。由於朋友是個性相當溫和的人，我們雖然還不至於到大聲爭吵的地步，不過，他默默地堅持自己的看法，而我也採取謹慎低調的態度，但是，我卻發覺若使用在論說文寫作中訓練到的講道理技巧來與之應對，將會更加深彼此對立的鴻溝。

這是我們對於基本的人生觀或是工作觀的看法不同嗎？我覺得不能夠就這樣下去，一直讓雙方的狀態陷於膠著，因此我想要退讓一步，不過，當我在腦海裡重新思考了一番，認為提出自己的想法才是誠實之道，於是，我們就在這種周圍空氣逐漸緊繃的氣氛下，繼續我們的對話。在對話過程中，我開始思考一件事，「咦？有沒有可能其實從一開始，我說的話與對方說的話，並不存在這麼大的差異呢？」

那麼，這樣的氛圍又是為什麼呢？這股令人煩躁、無法互相理解的氣氛背後的真面目究竟是什麼呢？

當我開始思考這個問題後，我發現關鍵就在文章寫作的基本問題上。接著，我會在接下來的兩個章節嘗試解開這個誤解的真正面紗。

Lesson 3 找回「平常心」的感覺

在人際溝通方面，如果只是把重點放在去表現自己理想目標的那個自己，而不是從別人眼中看到的自己的話，將會加深與對方之間的鴻溝。也就是說，寫文章的作者的堅持與讀者所追求的東西，只會漸行漸遠。

最近，我有些機會與一些銷售不佳或不大受歡迎的團體或商品等負責人進行對談。

他們有一個相當驚人的共通點，那就是他們絲毫不關心一般民眾對其產品的看法，甚至也不知道要如何去做調查。不僅如此，其中也有人很明確地認定詢問一般民眾的想法是種傻瓜的行為。

那麼，他們到底要憑靠什麼來重振旗鼓呢？他們的答案是，要憑藉他們自己的直覺去做。當然，結果並沒有變得更好，反而偏離了這種簡單的道理：「平常人用平常的眼光來看的話，應該是這樣不是嗎？」

這並不是與自己無關的他人的事。即便是我們，在倉促的行程表或是充滿擔憂的環境下，要做點什麼或提出意見，我們的腦袋也是會突然變成一片空白狀態的。然後，周遭的人會理解到現在的狀況應該保持「平常心」，不過卻只有當事人們渾然不覺。這種時候無論要做任何努力都是相當艱苦的。

在對事物下判斷時，用平常的眼光去思考所理解到的「平常心」，是非常重要的。然而當深陷混亂風暴中，人們往往會看不見那個簡單的「平常心」。這是為什麼呢？

我想，或許是自己以為自己最懂的那份自尊心在作祟吧！越是被逼到絕境的時候，越是會緊緊抓住這一份自尊心。

在這邊我要提一個作為對照的例子，是有關於舊住友銀行[8]一百週年形象提升活動的事例。這是一件非常有名的事例，我想知道的人應該不在少數。

對銀行來說，「信任感」就是它們的一切。因此，許多銀行為了要獲得客戶的信任感，會盡可能塑造一個穩健可靠的形象來推銷自己。因此，當業務進展不順時，會認為是

「信任感不夠」的關係，於是會從商標或信封等讓銀行形象更加穩健的方式去改進。

不過，這些是否是客戶真正所追求的目標呢？

在此，住友銀行一百週年活動的創意總監佐藤雅彥[9]先生，採取了以下做法。

首先，我請行銷部門的人與我進行面談，決定不使用制式的問卷調查，而是用像攝影機去採訪一般民眾的感覺。拍攝完之後，我觀看了數十份的面談結果，也實際體會到普通民眾對住友銀行的印象到底是什麼。認真穩健又謹慎的服務態度，反過來說也有難以親近、無法通融的感覺。看到這裡，我最先想到的便是要先降低銀行的接受門檻這件事。

（《佐藤雅彥工作全紀錄》，Madora出版社）

「認真穩健又謹慎的服務態度，反過來說也有難以親近、無法通融的感覺」。這個正是大家對於舊住友銀行的那份「平常心」的真面目。

8 編註：住友銀行創立於一八九五年，後於二〇〇一年與三井集團櫻花銀行合併，故稱。

9 編註：日本知名廣告人與創意總監，現為東京藝術大學教授。

因此，在活動中推出了大人小孩、商務人士都喜愛的名為「銀行君」[10]的吉祥物，同時進行販售，讓這場一百週年慶祝活動順利圓滿結束，活動辦得極為成功。連新業務成交量也隨之增加，讓經濟學家都覺得不可思議。

那麼，你自己的情況又是怎麼樣呢？假設你的朋友、認識的人、家人、同事……等，開始說有關於你的事情會是怎麼樣的情形呢？把他們的話錄影起來，一次看數十人的訪談會如何呢？

從他們眼中看到的你，究竟會是什麼樣子呢？

所謂被他人誤解這件事，並不是指人們不了解你的內在面，而是你自己沒有認知到自己在別人眼中是什麼樣子的人，由於自己缺少了「平常心」的感覺而造成認知上的差距。能以這樣的方式去思考會更積極，因為這樣的思考方式，你將能夠改變自己。

周遭的人所認為的「好像那個就是你啊」的這種想法，其實與事實並不會相距太遠。我認為，說不定其他人還比你自己所想的更了解你也不一定。只不過，由於那些想法已經是大家所認知的大前提，因此任何人都不會特地告訴你有關於你的事情。

要用言語來進行交流，彼此一來一往的互動很重要。由於語言互動上勢必會產生問題，而對比於周遭人們對你的整體想法來看的話，那些問題其實都是些零碎的小事情。

我目前也正在針對這一塊奮戰中。為了要能夠以自由工作者的身分繼續工作下去，在每一次不斷變化的人際關係中，我都必須盡可能地去掌握對方眼中所看到的自己，並且發現自己的定位。

我在私人企業服務時，也做過一模一樣的事情，但是卻被認為傲慢自大。當我發現這一點的時候覺得還滿有趣的。

你身邊的人是怎麼看待你的呢？又該如何去了解他人的想法呢？

每一個人所說的話或寫的文章背後，一定都存在著他自己那一份「平常心」的感覺。

Lesson 4 不造成誤會，並傳達想法

我與朋友就「獨立」這個議題，彼此正面交鋒。朋友覺得「不需要特別去獨立」，而我則認為「應該要獨立」。

話說回來，就在討論如火如荼進行之際，我漸漸有種奇妙的感覺，那就是我們兩人所爭論的點，其實似乎並沒有太大的不同，而我也好像能大致了解造成兩人對立的原因。

10 編註：日文名バンクー（Bankoo），形象為類人形、身材細長的卡通黑熊，是一名上班族。

重點就在於如何定義關鍵字。

換句話說，即使使用相同的「獨立」這個字眼，但我與朋友對於其中的涵義則是大不相同。朋友認為，平心而論「獨立」是表示「自己一個人完成所有事情」，而我則是認為「不論再怎麼獨立的人，也不可能獨自一個人生存下去。了解人們必須互相依靠這件事，也是獨立的一環」。

因此，為了生存，人與人之間的互幫助是不可或缺的，在這一點上，我們兩人的意見是一致認同的。

言語是種不太順手的工具。

在一場對話或一篇文章中出現多次的詞彙，也代表這詞彙具備重要的功能，此即「關鍵字」。不論對方如何使用此關鍵字，你都必須要確切掌握它的意思。

以下是一對情侶在看完電影後的對話：

「好真實的場景喔！」

「什麼？才不真實呢，那段劇情在現實中根本不可能發生，一點都不自然。」

「你啊，一點都不懂真實是什麼意思。」

兩人之間發生了爭執，到底什麼是真實呢？爭吵的原因在於，兩人之間對於這個詞彙的定義有所不同。

有些沒有禮貌的人會說出「反正，女性一定無法勝任跑業務的工作」等話語，讓人心生焦慮，想要立刻作出反擊。此時，可以回應對方說：「您提到的業務，是指哪一種內容的工作呢？」以先掌握住對方的定義為優先。

其他像是要回應對方的發言或是文章時也是一樣，每一個人對詞彙的定義有所不同，比如「現實」、「自由」、「幸福」、「獨立」、「價值」等等，如果只是覆述對方的詞彙，這是很危險的方式。

可以事先告知對方自己的定義，比如「我認為現實是……這樣的想法」，或是從一開始，以平實的敘述來表達自己想說的話，就不會產生誤會。

如同上一個章節所提到的，因言語所產生的問題，在你與對方如此廣泛的關係當中，僅僅只不過是「一小部分」而已。這樣的背景通常是由於對方對你已經有了整體性的認識，而能用言語來表達的部分，是那些必須要用言語來進行確認的必要性問題，這部分僅僅只占了一小塊。

然後，許多人由於不知道該如何得知對方心中對自己的看法，因此感到不安。

其實，只要在寫作文章的時候，把這樣子的架構放在心上，稍加留意，就能夠大幅減少產生誤會的風險。

也就是說，在針對某部分提出疑問前，盡可能先提出日常中對對方的整體看法。

舉例來說，當團隊在進行工作回報時，不要突然說出「不好意思，我這邊有一個問題想請教……」，而是要先從顧及團隊整體氣氛開始切入。

首先開頭先寫出「團隊總是很體諒我的想法，讓我放手去做，我覺得團隊相當值得依賴。這次的任務也是一樣，總體來看有很不錯的效果，我很喜歡」，然後再提及「雖然是很瑣碎的小事，不過這邊我有一個問題想請教……」，這樣便可以在不造成誤會的情況下，將想法傳達給對方。

不要因為有「現在才說這些也沒用」或「因為我害羞」的想法，而不敢說出口，必須要把自己「我每天看著你面對工作的態度、以及我自己如何接受工作挑戰」這樣的中心思想，在溝通一開始的階段就清楚明白地告訴對方。

這麼一來，在與重要的人進行溝通時，就不會偏離主題，而能保持順暢地交流。

結語
你我相遇的意義

當你要送給喜歡的人一份禮物時，你會採取下列哪一種做法呢？

一、贈送自己想送的禮物。
二、直接問對方「你想要什麼」，或是事先調查對方喜好，贈送對方可能想要的禮物。
三、贈送對方以往沒有興趣，但似乎能夠開啟對方另一個新世界的禮物。

作為本書最後的章節，要來談什麼樣的內容才能打動讀者。請以上述贈送禮物的三種做法為線索來思考看看。

我負責編輯的雜誌，是以十七歲的青少年們為對象，我非常重視其封面的設計。因為封面是一本雜誌中，最先向讀者傳遞訊息的部分。

在剛接下編輯工作的時候，初生之犢不畏虎的我，曾經有過只憑藉自己的感性來完成封面設計的經歷。當時我從許多候選照片中，選擇了自己最喜歡的那張。用禮物的比喻來說的話，就是跟第一種做法一樣，覺得「因為我喜歡這個，你也應該會喜歡吧」。想當然爾，最後這封面是我喜歡的風格，但是，讀者們又是怎麼想的呢？

後來，我透過問卷調查以及實際採訪等方式，逐漸了解到這些十七歲讀者們的想法。創作者與讀者之間，不僅世代不同，感性層面也不盡相同。最後我終於察覺到，作品必須要讓讀者感到開心才行。因此，我決定要以讀者的感性來進行雜誌封面製作。

每一個月，我都會與十多位十七歲的讀者進行討論，給他們看樣本，搭配讀者的感性來製作雜誌封面。用禮物的比喻來說，這是從「若是不問對方就不會知道對方想要的禮物」所發想出來的點子。在持續地使用這個方法後，我漸漸能抓到十七歲讀者的感覺，即使不用問他們的意見，也開始能夠預測他們的喜好了。

就這樣，用此方式所製作出來的封面，完全沒被讀者討厭，甚至讀者對於雜誌的好感度比前一年還要大幅提升，這樣的成長令人相當驚訝。

不過，就在不到一年的時間內，我開始覺得遇到瓶頸了。

我與對方交流的意義

詢問對方，然後贈送對方符合他所期望的禮物，把這件事反過來說的話，就是「即使不管對方，他自己也很有可能會去買那樣物品也不一定」。

我與對方交流的意義，究竟是什麼呢？

正是這個部分，讓我感受到了瓶頸。詢問十七歲讀者意見後所了解到的感性層面，已經是他們日常生活很習以為常的事物。如果一直再問下去的話，那麼我們所製作的作品，到最後將會喪失新鮮感、毫無特別之處，反而就這麼埋沒在讀者的日常生活裡了。

為了要達到良好的溝通，知道對方的背景並理解對方想法，是很重要的一步。不過，問題則是在接下來的這一步，「所以，該怎麼做呢？」

舉例來說，假如對方喜歡單一色彩，總是穿著黑白色系的服裝，如果是你的話，會選擇送給對方什麼樣的禮物呢？想著其他的顏色一定也很適合對方，特意選擇了「紅色」送給他如何呢？若是對方對你說「我從來沒有穿過紅色系的服飾，出乎意外地很搭耶。我覺得好像發現自己的新大陸了」的話，一定會很開心。

換句話說，透過與自己有關的事物，就能夠發現對方不一樣的新世界。當然，這種做法也有可能會有失準頭、或是變成強迫接受的情形。正因如此，鼓起勇氣來面對對方、慎重行事的方式，是有其意義的。

我在察覺到這一點後，開始思考要如何製作「能夠傳遞訊息的封面」。當我們大人在面對十七歲的青少年時，我們有什麼話能對他們說？我們想要傳達什麼訊息給他們？

隔年，編輯部以「希望能解放自我」的概念，完成了一期充滿給十七歲青少年訊息的雜誌封面。之後每一期封面，也都表現了十七歲青少年多元化的生活型態與思考模式。

我想著，這樣就可以算得上是達到製作完美封面的里程碑了吧……，但實則不然。

傳遞訊息

沒有特別主題，只有可愛美麗的花朵與天空的圖片，是所有人都喜歡的類型。另一方面，如果想要藉此傳遞某種訊息的話，有些讀者可能會有「真囉唆」的想法。

果不其然，世人對於帶有傳遞訊息性質的封面，與那些讓人青睞的類型相比，前者獲得的評價呈現大幅下降的局勢。感想也一分為二，不是「好」就是「壞」。這種時候，該怎麼去思考改善比較好呢？

與其在好評價與壞評價的數量上錙銖必較，我認為選擇該評價的原因才是需要探討的問題。看了問卷調查後，選擇壞評價的青少年們的理由都是很表面的，像是「封面用插圖比較好」、「我不喜歡不是藝人的人當封面」、「很討厭」等。

另一方面，選擇好評價的青少年們的理由則較為深層。比如「確立了自我，並且能夠繼續延伸不同面向出去，我覺得這件事很不容易，但是卻也相當重要」、「我深切感覺到這個世界看起來和我想的一樣，有著許多不同背景的人們」等等。有超過半數的孩子確實表達了他們的想法。我認為，這正是因為有豐富經驗的大人也參與其中，才能獲得這樣的反饋。

表達出自己獨一無二的想法，並且傳遞給讀者，要達成這個目標，反覆練習直到熟稔是必經的過程，同時也需要時間的磨練。我們編輯部同仁們沒有放棄，而是選擇了一邊參考讀者的反應，一邊一步一腳印地與讀者進行交流的這條路。

結果，這類型的封面在一次又一次的出刊後，評價日漸自谷底爬升起來，令人不可思議的是，兩年後在銷售數量方面，也開始比走好感度路線的封面來得更受人歡迎了。

一開始，有些讀者看到只要不是藝人的人當封面，就會拒讀雜誌，而隨著每次的出刊，他們漸漸會將眼光停留在那刊載著具有十七歲個性的多元化封面上，並且開始對雜誌內容感到有興趣。我與十多歲青少年們交流的意義，就在此處。

只有你能寫出來的無可取代的文章

如果作家總是寫出能取悅讀者、讓讀者開心的文章，這麼做雖不會被讀者所討厭，但卻喪失了寫作的意義，也會讓閱讀的人失去興致。

當自己在面對他人不同的個性時，內心一定會產生一些想法。比如由於對象是那個人，所以我想對他說哪些話、以及只有自己才能說出口的話。我認為，我們每個人都可以再對自己更誠實一些也沒有關係。

這些話語，大部分是由於自己與他人之間的差異而產生的，有些時候不被對方接受，或許還會給對方造成困擾或不舒服的感覺。

儘管如此，若是能夠以這種不舒服、或甚至讓人排斥的感覺，來動搖對方的潛在力量的話，便可以充分善用對方，也善用對方心目中的自己。

當你運用只有自己才能寫出來的文章，來激發彼此的潛力時，你與對方的相遇便有其意義。因為你所寫的文字，對對方而言將具有無可取代的意義。

你，擁有寫作的力量。

我非常認真地想要傳達這個概念，因此寫下這一本書。謝謝各位閱讀本書。

總有一天，我應該也會以某種形式邂逅你所寫的文章，對吧？

國家圖書館出版品預行編目（CIP）資料

從沒想法到有想法的精準表達寫作術：透過自我提問，找到切入觀點。沒靈感時，這樣寫就對了！／山田紫霓著；陳畊利譯. -- 初版. -- 新北市：方舟文化，遠足文化事業股份有限公司，2021.01
面；　公分. --（職場方舟；17）
譯自：伝わる・揺さぶる! 文章を書く
ISBN　978-986-99668-0-1(平裝)

1. 寫作法

811.1　　109018841

職場方舟 0017

從沒想法到有想法的精準表達寫作術

透過自我提問，找到切入觀點。沒靈感時，這樣寫就對了！

伝わる・揺さぶる! 文章を書く

作　　者　山田紫霓
譯　　者　陳畊利
封面設計　職日設計
內頁設計　王信中
文字協力　唐　芩
主　　編　邱昌昊
行銷經理　王思婕
總 編 輯　林淑雯

讀書共和國出版集團
社長　郭重興
發行人兼出版總監　曾大福
業務平臺總經理　李雪麗
業務平臺副總經理　李復民
實體通路經理　林詩富
網路暨海外通路協理　張鑫峰
特販通路協理　陳綺瑩
印務　黃禮賢、李孟儒

方舟文化官方網站

方舟文化讀者回函

出 版 者　方舟文化／遠足文化事業股份有限公司
發　　行　遠足文化事業股份有限公司
231 新北市新店區民權路108-2號9樓
電話：（02）2218-1417　傳真：（02）8667-1851
劃撥帳號：19504465　戶名：遠足文化事業股份有限公司
客服專線：0800-221-029　E-MAIL：service@bookrep.com.tw
網　　站　www.bookrep.com.tw
印　　製　通南彩印股份有限公司　電話：（02）2221-3532
法律顧問　華洋法律事務所 蘇文生律師
定　　價　380元
初版一刷　2021年1月
初版二刷　2021年9月